DeSASTRE & TOTAL

Agencia de detectives Nº 1

DeSASTRE & TOTAL

Agencia de detectives Nº 1

STEPHAN PASTIS

Traducción de Isabel Llasat

Esta es una obra de ficción.
Los nombres, personajes, lugares y eventos son producto
de la imaginación del autor o, si son reales,
están usados de manera ficticia.

Título original: *Timmy Failure. Mistakes Were Made.*
Autor: Stephan Pastis.

© del texto: Stephan Pastis, 2013.
© de la fuente Timmy Failure: Stephan Pastis, 2012.
© de la traducción: Isabel Llasat Botija, 2013.
© de esta edición: RBA Libros, S.A., 2013.
Avda. Diagonal, 189 - 08018 Barcelona.
rbalibros.com

Primera edición: marzo de 2013.
Cuarta edición: octubre de 2014.

REF.: MONL108
ISBN: 978-84-2720-404-1
DEPÓSITO LEGAL: B. 4.236-2013

A mi tío George Mavredakis.
Gracias por todo.

Un prólogo que lo pone todo patas arriba

Entrar con un coche y un oso polar en el salón de alguien es más difícil de lo que parece. La ventana del salón ha de tener el tamaño suficiente para que quepa un coche. El coche ha de tener el tamaño suficiente para que quepa un oso polar. Y el oso polar ha de tener el cerebro suficiente para no corregirte los errores. Como entrar con un coche en la casa equivocada. Tratándose de coches metidos en salones, no es cualquier error.

Debería dar marcha atrás.
(En la historia, no en el coche.)

CAPÍTULO
1
Bla, Bla, Bla, Bla, Bla

Vale, primero la parte aburrida y así nos la quitamos de encima. Me llamo De Sastre. Timmy De Sastre. Y soy así:

Timmy
De Sastre

Bufanda
inseparable

Se ve que antes nuestro apellido era De Remendón. Pero algún listillo de la familia le quiso dar más categoría. No se os ocurra hacer chistes con lo de «desastre». Porque soy todo lo contrario. Soy el fundador, presidente y consejero delegado de la agencia de detectives que lleva mi nombre: De Sastre Detectives. De Sastre Detectives es la mejor agencia de detectives de la ciudad y probablemente del estado. Puede que hasta de toda la nación.

El libro que tenéis en vuestras manos es un relato histórico de mi vida como detective. Todos los datos que recoge están contrastados. Todos los dibujos que lleva los he hecho yo. Intenté que mi socio hiciera las ilustraciones, pero no eran buenas. Por ejemplo, a mí me dibujó así:

He decidido publicar esta historia porque mi experiencia es altamente valiosa para todo aquel que alguna vez haya querido ser detective. Me remito a las críticas publicadas:

<<Altamente valiosa para todo aquel que alguna vez haya querido ser detective>>.

—Anónimo

Sin embargo, el éxito no me llegó de la noche a la mañana. Tuve que superar obstáculos. Por ejemplo:

1. mi madre
2. mi escuela
3. mi mejor amigo burro
4. mi oso polar

Sí, ya sé que os preguntáis lo mismo que se pregunta todo el mundo cuando enumero estos obstáculos. ¿Por qué tengo de mejor amigo a un niño que es burro? Luego lo explico. Y, claro, supongo que también debería decir algo sobre el oso polar de seiscientos ochenta kilos de peso.

Se llama Total.

Total

El hogar de Total en el Ártico se está derritiendo. Se puso a caminar en busca de comida y encontró el plato de mi gato. Y ahora está a 4.990 kilómetros de su casa. Sí, es un largo camino por un plato de comida de gato, pero es que la compramos muy buena. Por desgracia, mi gato está ahora en el Cielo Gatuno (o en las Tinieblas Gatunas, porque no era muy simpático), pero aún conservo el oso polar.

Al principio, Total mostró un grado de diligencia y fiabilidad razonable, por lo que decidí hacerlo socio de la agencia. Pero resultó que la diligencia y la fiabilidad eran un engaño. Algo propio de los osos polares. Y no quiero hablar de ello. Tampoco quiero comentar el cambio que acepté para el nombre de la agencia, que ahora sale así en las Páginas Amarillas:

DE SASTRE & TOTAL

(NO FALLAREMOS,
A PESAR DEL NOMBRE.)

Pero os tengo que dejar, porque está sonando el timmyfono.

CAPÍTULO 2

Toma las golosinas y corre

El que llama es Gunnar. Compañero del cole y vecino, pero ahora mismo solo otro tipo al que le han desaparecido las golosinas de Halloween. Me encargan muchos casos de golosinas desaparecidas. No dan celebridad, pero sí dan para comer. Despierto a mi socio y salto al Desastremóvil.

Debería decir algo sobre el Desastremóvil.

De hecho, no se llama Desastremóvil, sino Segway. Es de mi madre. Lo ganó en una rifa. Y ha establecido algunas normas sobre cómo puedo usarlo.

A mí eso me pareció un poco confuso. De manera que lo utilizo. Hasta ahora mi madre no se ha opuesto. Básicamente, porque no lo sabe.

Esto me lleva a uno de los principios fundacionales de De Sastre & Total, que llevo grabado en tinta en la suela del zapato izquierdo.

La única queja que tengo del Desastremóvil es lo lento que va. Cuando me desplazo con él y Total va andando, Total llega primero. Y lo peor es que, por el camino, se ha echado una siesta.

Así que no me sorprende que, al llegar a casa de Gunnar, Total ya esté allí. Haciendo algo que suele hacer cuando llega antes que yo a una casa.

Un inciso: las primeras impresiones son fundamentales en el mundo de los detectives. Un cliente tiene que saber a primera vista que su detective es (a) profesional, (b) elegante y (c) discreto.

Y todo eso es difícil cuando la primera impresión que el cliente tiene de su detective es esta:

¡ÑAM! ¡ÑAM! ¡ÑAM!

He regañado tantas veces a Total por comerse la basura de mis clientes que empiezo a creer que lo suyo es un sabotaje deliberado de la agencia. Por suerte para mí, para cuando llamo a la puerta de Gunnar, Total ya se ha comido todo lo que ha encontrado en la basura que se podía comer y puede esperar junto a mí en el porche.

Gunnar abre la puerta y nos acompaña al escenario del crimen. Señala hacia una mesa vacía que hay junto a su cama. «Mi calabaza de plástico llena de golosinas estaba justo aquí —dice—. Y ahora ya no está».

Miro la mesa. Puedo deducir por el espacio vacío que la calabaza no está.

Nada por aquí

Gunnar me empieza a dictar lo que tenía dentro de la calabaza:

—Cuatro barras de chocolate, siete regalices rojas, dos regalices negras, tres huevos sorpresa, una bolsa de nubes, cuatro dentaduras de gominola y treinta y cuatro ositos de goma.

Gunnar me mira.

—¿Lo estás apuntando todo?

—Por supuesto.

—Empecemos por lo más básico —le digo al cliente—; por ejemplo, el pago. Acepto efectivo, cheques y tarjetas de crédito.

(La verdad es que no acepto tarjetas de crédito, pero, como suena profesional, lo digo.)

—¿Cuánto me costará? —pregunta el cliente.

—Cuatro dólares diarios, más gastos.

—¿Gastos? —dice Gunnar.

—Alitas de pollo para el grandullón —le digo señalando a Total.

Total ruge, y eso es algo que impresiona. Hasta que se cae hacia atrás y aplasta el escritorio de Gunnar.

Eso habrá que deducirlo de las alitas de pollo. Le digo a Gunnar que preveo una investigación de seis semanas. Muchos testigos. Tal vez algún vuelo.

—No hace falta que me acompañes —le digo.

De camino hacia la puerta, paso por la habitación de su hermano Gabe. Gabe está sentado en la cama rodeado de envoltorios de golosinas. Tiene chocolate por toda la cara y hay una calabaza de plástico vacía en el suelo.

Siempre atento a las posibles pistas, hago una anotación importante en mi cuaderno de detective.

CAPÍTULO 3

El imperio De Sastre contraataca

Lo único que necesito para resolver el caso Gun-nar es estar cinco minutos tranquilo. Pero no lo consigo. Por culpa de este hombre.

Es el viejo Crocus. Es mi profesor.

Y se pasa seis horas al día ante su querida pizarra blanca contándome cosas que harían caer el pelo de aburrimiento a una ardilla.

Ardilla sin pelo

El viejo Crocus tiene 187 años. Huele. Y está doblado como si llevara un saco de patatas colgando de la frente.

Saco de → patatas

Me serviría si quisiera hacer patatas fritas.
Pero no es el caso. Estoy construyendo un imperio de agencias de detectives. Y en la clase no encuentro nada que me ayude en mi objetivo. Excepto quizás el mapamundi que hay colgado en
la pared. Por eso le he marcado todos los territo-
rios en los que habrá oficinas de De Sastre & Total dentro de cinco años.

MAPAMUNDI, del imperio De Sastre

////// = OFICINAS DE SASTRE & TOTAL ★ = Sedes regionales

Un buen profesor premiaría semejante iniciativa. Pero no el viejo Crocus. Dice:

—A ver qué ha hecho el Capitán Alcornoque.

Y va y borra con típex todo mi trabajo.

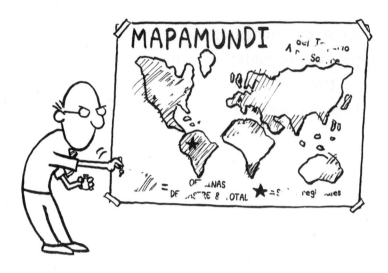

Y entonces voy yo y borro con toda la cara el suyo.

A mí me parece una respuesta justa, pero él no lo ve igual. De manera que me hace sentar con los tres niños «listos», con la esperanza de que se me contagiará. Seguro que *ellos* son los que esperan contagiarse de *mí*.

Una de ellas es Molly Moskins. Es una pesada. Sonríe todo el tiempo. Y huele a mandarina.

Molly
Moskins
(alias
la Niña
Mandarina)

El niño redondo es Rollo Tookus. Tenemos mucho tiempo, ya hablaremos de él más adelante.

estánfor

Y la niña cuyo rostro he ocultado es alguien de quien no pienso hablar nunca jamás, pase lo que pase.

Hablemos, pues, del niño redondo.

Os presento a Rollo Tookus

Lo primero que tenéis que saber de Charles *Rollo* Tookus es que no es listo. Cierto, tiene una nota media de 9,9, pero solo porque estudia. De forma obsesiva.

ROLLO
TOOKUS

estánfor

Si yo estudiara, mi nota media también sería de 9,9, en lugar de lo que es ahora, un 0,9 (y eso redondeando). Por qué Rollo estudia como

Rollo estudia es un misterio para todo el mundo menos para Rollo.

Si se lo preguntáis, os vendrá con la historia de que, si estudia mucho, sacará buenas notas, y, si saca buenas notas, un día podrá ir a una universidad llamada *Stanford*, y si va a Stanford, podrá tener un buen trabajo y ganar mucho dinero. Los detectives tienen una palabra para eso.

ABURRIDO

De hecho, esto me lleva a otro de los principios fundacionales de De Sastre & Total, que llevo grabado en tinta en la suela del zapato derecho.

Sentiría pena por el pobrecillo si su padre o su madre lo obligaran a hacer todo eso, pero no

es así. Es Rollo quien quiere hacerlo. Lo que demuestra que no es listo. Así pues, lo mejor que
puedo hacer es apoyarlo. Intentar no criticar
sus defectos. Aunque resulta difícil cuando me
relajo y pongo los pies sobre su mesa.

Relajarme en la habitación de Rollo al final
de un largo día en la agencia es una de las for-
mas que tengo de apoyarlo. Yo le cuento los casos en los que estoy trabajando, y él estudia.
Creo que le encantan mis relatos. Al fin y al
cabo, es obvio que Rollo sería un detective si pudiera.

Pero le faltan las herramientas necesarias.
Lo que no le impide hacer comentarios de aficionado sobre mis casos, comentarios que pueden
ser muy molestos.

Como hoy. Le he comentado el caso Gunnar y que tiene un hermano muy cochino que se llama Gabe y Rollo ha dicho algo que seguramente es lo más tonto que ha dicho nunca sobre uno de mis casos. Ha dicho:

—A lo mejor Gabe se comió las golosinas.

Ya os he dicho que Rollo es burro.

CAPÍTULO 5

Problemas en la oficina

Segundo día del caso Gunnar. Sin pistas. En la agencia se masca la tensión. Total y yo sabemos que en estos casos lo mejor es poner cierta distancia entre nosotros. Algo difícil teniendo en cuenta que tenemos la oficina en el armario de mi madre.

Cuartel general

DE SASTRE & TOTAL

Prohibida la entrada

En la oficina no estaríamos tan apretados si mi madre tirara toda su ropa. La semana pasada celebré una teleconferencia con ella a la hora de cenar para discutir el tema. La cosa fue así:

Así son a veces los negocios. Intentas llegar a un acuerdo mutuo, pero la otra parte lo pone difícil.

Creo que es porque está estresada. No sé muy bien la razón, pero sé que algo pasa, porque la otra noche, después de nuestra teleconferencia, se fue a dar vueltas a la manzana con el Segway. Es su forma de relajarse.

—Este trasto es un salvavidas —me dijo un día al pasar por delante de mí montada en el Segway—. No sé qué haría sin él.

Ahora entenderéis, amigos míos, por qué no le cuento su doble vida como Desastremóvil.

En fin, tengo un negocio que llevar. Y hay que solucionar la falta de espacio de mi oficina. Por eso le he pedido a Total que estudie si podemos poner una demanda contra mi madre. Hasta le he dado unos libros de derecho para que se informe. Pero por ahora solo ha hecho esto:

Eso sí, os advierto que este problema del espacio es temporal. Porque le tengo echado el ojo al último piso de un rascacielos del centro que tiene vistas sobre toda la ciudad.

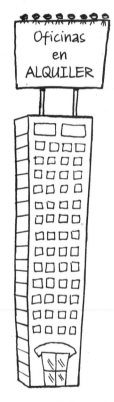

Según un anuncio del periódico, el alquiler cuesta 54.000 dólares al mes. Un poco elevado, sí, pero, si el caso Gunnar sale bien, eso será calderilla.

Así van las cosas en el mundo de los detectives. Resuelves un caso importante. Corre la voz y en un pispás ya estás ganando millones de millones. Pero, hasta entonces, la agencia tendrá que seguir trabajando entre la ropa de mi madre. Y, para ser justo, el alquiler es razonable (actualmente 0 $), y la única limitación que tenemos es la prohibición de mi madre de que toquemos su ropa.

Lo cual no debería ser ningún problema.

Al menos para mí.

CAPÍTULO 6

El que sabe, Gabe

Con el caso Gunnar en punto muerto, hago algo para seguir la corriente a Rollo Tookus. Le tomo la declaración a Gabe, alias el Guarro.

—¿Dónde estabas la noche en que desaparecieron las golosinas de tu hermano?

—Estaba en mi habitación.

—¿Y qué estabas haciendo? —le pregunto.

—Comer —contesta.

—¿Y qué estabas comiendo? —le pregunto.

—Golosinas —contesta.

Entonces me doy cuenta. De la importancia de lo que está diciendo.

Y lo anoto en mi libreta de detective.

CAPÍTULO
7
La dama de las galletas

El descanso para el almuerzo es el único momento que tengo para elaborar la estrategia de crecimiento global de la agencia. Por eso siempre me siento solo en algún banco. Así me aseguro de que los demás niños no vean mi trabajo ni cometan un delito de espionaje industrial.

Pero es triste. Es triste que mientras yo me siento allí y me concentro, mi socio esté gimiendo y lamentándose detrás de la valla metálica.

La escuela no le deja entrar. Y ha de quedarse allí de pie hasta que salgo del cole y lo llevo a casa. No le gusta hablar de ello, pero sé que lo encuentra discriminatorio. Para protestar contra las medidas de la escuela, a veces le pongo un cartel.

Marginan
a los osos

Después de almorzar, tenemos quince minutos para jugar. La mayoría juegan a pelota. Yo me siento junto a la valla y acaricio a Total.

Y no me preguntéis por la niña cuyo rostro he ocultado en la ilustración. Es la misma de antes y sigo sin querer hablar de ella. De lo que hablaré es de lo duro que se les hace a los demás niños que yo me siente junto a la valla.

Se les hace duro porque soy popular y quieren estar conmigo. Pero no pueden porque le tienen miedo a mi socio ártico. Y hacen bien, porque los osos polares son fieros e imprevisibles. Y siempre andan buscando focas, que es a lo que se parecen los niños del cole cuando van bien abrigados.

¿Quién es quién?

La única persona que no tiene miedo a Total es la vigilante del patio, Dondi Sweetwater. Es una mujer bastante amable. Pero también habla demasiado. Y encima no tiene la menor idea de lo justo que ando de tiempo por culpa de la agencia.

Por su parte, Total no diría más que cosas buenas de Dondi. Pero es porque siempre me da galletitas de arroz para que yo se las dé a él.

A Total le vuelven loco esas galletitas. Y eso es un problema, porque cualquier día podrían capturarlo e interrogarlo para sacarle secretos industriales. Si le ofrecieran una galletita de arroz, quién sabe de lo que sería capaz el gordinflón.

Por eso mismo le pedí un día a Dondi que no compartiera nunca esta vulnerabilidad con nadie ajeno a la agencia. También le pedí que ni siquiera dijera nunca las palabras «galletitas de arroz» en voz alta, y que se refiriera a ellas como «la mercancía». Dondi aceptó todas mis condiciones y, a instancias mías, lo hizo constar por escrito.

LA AFICIÓN DE TOTAL
POR «LA MERCANCÍA»
ES CONFIDENCIAL

Y DEBERÁ SEGUIR ASÍ.
firmado Dondi
La vigilante del patio

La obligué a que lo pusiera por escrito porque la pobre realmente habla mucho. Sobre todo conmigo. Por eso pasamos casi todos los recreos juntos. Pero no me importa.

Es lo que tiene ser popular.

CAPÍTULO 8

Érase una vez un iceberg

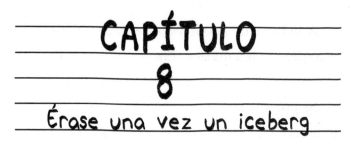

Ese mismo día por la noche, mi intuición de detective me dice que algo no va bien. Veo a mi madre pasar hasta ocho veces por delante de la casa montada en su Segway.

El récord anterior estaba en seis veces. Por eso sé que el asunto es grave.

A la hora de acostarnos le digo que no hace falta que me lea en la cama como hace siempre. Pero insiste. Para estas cosas es muy militar.

Si por mí fuera, le pediría que cada noche me leyera revistas del sector para poder estar al día de los últimos avances en tecnología detectivesca. Pero algo grande y peludo dice que eso es aburrido.

Mi socio prefiere un tipo de cuento muy concreto, que cuesta encontrar en la mayoría de librerías convencionales. Para seguirle la corriente, me veo obligado a escribir los cuentos yo mismo y dárselos a mi madre para que nos los lea. A

veces hasta tengo que ilustrarlos. Todos empiezan así:

Y todos tienen que acabar igual. Si no, Total
se enfada mucho y no puede dormir bien.

Cuando acaba de leer, mi madre apaga la luz y me da un beso en la nariz. Yo me tapo con la manta hasta el cuello y miro de reojo a mi socio.

Le ha gustado el cuento.

CAPÍTULO 9

Interludio de sumo

Al día siguiente me levanto bien temprano. Y me escondo detrás de un árbol vestido con un traje de sumo.

Estoy esperando a una persona de sexo femenino de un metro veinte de altura cuyo nombre no pienso pronunciar. Cuando pase, me arrojaré sobre ella. Con un poco de suerte, la empujaré contra el bordillo.

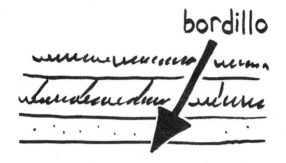

No es nada personal.

Son los negocios. Y no quiero hablar de ello.

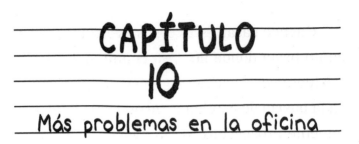

CAPÍTULO 10

Más problemas en la oficina

Le pido a mi socio que haga una cosa en mi ausencia: contestar las llamadas. Y miradlo, enredado con el cable del teléfono. Y encima lo ha arrancado de la pared.

Cuando pasan estas cosas es cuando me pregunto hasta dónde llega su compromiso. Por si eso fuera poco, encuentro una nota de mi madre en la puerta de la oficina. Sé que presiente la inminente prosperidad de la agencia, por lo que imagino que es una demanda de trabajo. Pero no.

Han llamado de la escuela. Dicen que has llamado para decir que estabas enfermo.

¡ES inaceptable!

Este es el problema de mi madre. Prefiere que yo pierda un día entero en la escuela en lugar de pasar una tarde haciendo control sumo. No creo que sea por mala fe. Más bien es el estrés. Trabaja a tiempo completo en una papelería. Y no le pagan superbién, por eso se preocupa tanto. Imagino que lo que va mal últimamente tiene que ver con esto.

Pero es afortunada al tener como hijo a un genio. Un genio que algún día salvará a todo el clan De Sastre (ella, yo e incluso el oso polar, aunque él no merece ninguna salvación).

Sin embargo, para conseguir mi meta de crear una agencia de detectives multimillonaria, necesito que haga una cosa: quitarme todas las distracciones que me hacen perder tiempo.

Es decir, la escuela. Y por ahora, no aprueba.

La he invitado a una teleconferencia para hablar de este y otros puntos, pero siempre me la pospone. De momento no presiono más, pero supongo que el tema saldrá en su informe de final de ejercicio. Es la reunión anual en la que resumo sus fortalezas y sus debilidades como madre.

La forma en la que insiste en esto de la escuela va a afectar negativamente a su informe. Pero no será el peor informe que daré este año.

El peor será para este tipo:

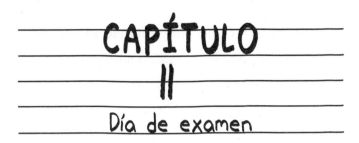

CAPÍTULO II

Día de examen

Hoy es día de examen. Tocan pruebas de selección múltiple. Nos dan a todos un estúpido formulario en el que tenemos que pintar casillas para indicar nuestras respuestas. De la A a la E. Yo voy a aprovechar las casillas para hacer un dibujo. La última vez hice unas montañas.

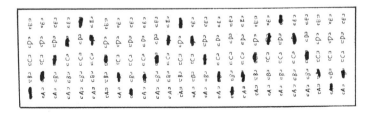

El tiempo que me sobre lo dedicaré a la agencia. Pero justo entonces veo que el viejo Crocus tiene un anuncio que hacer:

—El examen de hoy lo haréis por grupos.

A Rollo Tookus se le ponen los ojos como platos.

—Cada grupo devolverá un único examen y obtendrá una única nota.

Rollo empieza a ahogarse.

—El grupo con el que estáis sentados es vuestro grupo.

Rollo me mira. Y se desmaya.

Yo hago como si no lo viera. Lo único que importa ahora mismo es que me obliguen a unir fuerzas con Aquella Cuyo Nombre No Se Puede Decir. Expreso mi opinión con gran respeto.

Rollo gime desde el suelo. El viejo Crocus me manda a gritos que baje de la mesa. Molly Moskins aplaude. Lo hace siempre que le toca trabajar conmigo.

Al aplaudir, Molly emite una oleada de olor a mandarina que lo impregna todo, y enseguida olemos todos como mandarinitos.

Mandarinitos

El viejo Crocus cierra los ojos en señal de frustración. Aprieta los dientes acartonados y gastados.

Es un mandarinito infeliz.

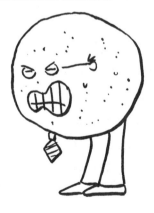

CAPÍTULO 12

Con las patas por delante

El problema que tiene la profesión de detective es que no se para a esperar a que resuelvas los casos abiertos, como el de las golosinas misteriosas de Gunnar.

Tienes que seguir adelante. No puedes acurrucarte en un rincón y rendirte.

Aunque eso es precisamente lo que parece haber hecho el hámster de Max Hodges.

—Lo he encontrado así cuando me he levantado esta mañana —me dice Max cuando llego a su habitación—. Te he llamado para ver si puedes averiguar cómo ha muerto.

Miramos juntos al hámster inmóvil en su jaula de hámster.

—¿Cómo sabes que no está vivo? —le pregunto.

—Pues porque —me enseña una foto— cuando está vivo, tiene este aspecto.

Que es bastante distinto al que tiene ahora:

Le hago a Max la pregunta obvia, la pregunta que hasta el detective más aficionado sabe que tiene que hacer en un caso de hámster muerto:

—¿Tenía enemigos?

Max dice que no.

—¿Tenía mucho dinero?

Tampoco.

—¿Estaba deprimido?

Tampoco.

—¿Estaba involucrado en alguna actividad delictiva?

Tampoco.

Si hay delito por medio, los testigos pueden cerrar el pico. En estos casos, el buen detective tiene que presionar con tacto al testigo.

—Sin actividades delictivas, ¿eh? —le digo sarcásticamente—. Entonces, ¿qué es esto? —pregunto señalando un trozo de tubo que parece tener un nombre grabado.

—Grabé mi nombre ahí —dice Max.

—Pues a mí me parece grafiti de hámster —le digo.

—Pues no lo es —dice él.

Cojo el trozo de tubo y me lo guardo en el bolsillo.

—Es una prueba —digo.

Me dispongo a salir de la casa pero, cuando intento abrir, la puerta no se mueve. Me agacho por si es una emboscada. Entonces veo a Total tumbado al otro lado. Su cuerpo gordinflón está bloqueando la puerta.

Golpeo la ventana con los nudillos hasta que Total se mueve. Salgo y me dirijo hacia el Desastremóvil.

El que mi madre adora.

El que mi madre me ha prohibido utilizar.

El que no está donde lo he dejado.

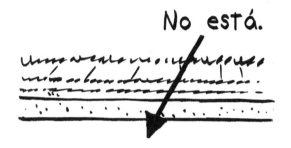

Paro a escribir una breve nota en mi libreta de detective.

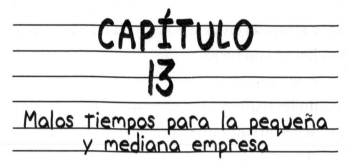

CAPÍTULO 13

Malos tiempos para la pequeña y mediana empresa

Es difícil darle vueltas a un sabotaje industrial en mitad de una entrevista madre-profesor. Pero una cosa es cierta: alguien quería detener las actividades de De Sastre & Total. Alguien que se sentía amenazado por el número de casos que estamos llevando. Y, para detenernos, ha sustraído mi medio de transporte.

El primer paso obvio es establecer un perímetro de seguridad en el barrio y empezar a interrogar testigos. Pero no puedo hacerlo porque estoy atrapado entre dos aficionados que nunca han llevado un negocio.

A mi izquierda tengo a mi madre, que, en cuanto he regresado de la casa de Max Hodges, me ha hecho subir al coche. A mi derecha está el viejo Crocus. Está claro que, por la forma en que habla y habla, lleva demasiado tiempo dando clases.

Lo digo porque es la primera vez en sus ciento cincuenta años de carrera que se enfrenta a la posibilidad muy real de que uno de sus alumnos no pase de curso.

Imagino que ahora es cuando toca decir quién es el alumno que pone en peligro su reputación.

En momentos así espero pacientemente a que mi madre me impresione con una defensa apasionada de su hijo. Lanzando algunos papeles al aire, por ejemplo. Tumbando una silla. Quemando una mesa.

Sin embargo, mi madre asiente.

Teniendo en cuenta que un día tendrá que llamar a mi puerta en busca de trabajo, no está haciendo muy bien lo de impresionarme.

Así pues, por ahora tengo que depender de mi socio, al que le he pedido que haga un poco de reconocimiento en mi ausencia. Eso significa analizar visualmente la escena del crimen y recoger información de manera discreta sin llamar la atención.

No significa lo que le he encontrado haciendo cuando he vuelto a casa:

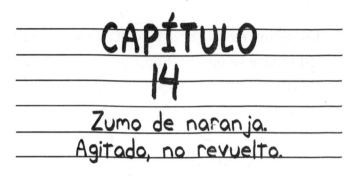

CAPÍTULO 14

Zumo de naranja.
Agitado, no revuelto.

Estoy andando arriba y abajo por la habitación de Rollo Tookus como un poseso. Porque, si eres detective, no puedes ser la víctima de un delito sin resolver. Es como un dentista al que le faltan dientes. O un jardinero con flores muertas. Y muerto es como estaré yo si mi madre descubre que el Desastremóvil ha desaparecido.

Lo mejor es trazar un plan para impedir que mi madre se entere. Sobre el papel, el plan queda así:

Mentir, mentir, mentir y mentir.

Pero no me puedo concentrar, porque la cabeza de Rollo se agita de un lado a otro como un sonajero con turbo. Le pasa siempre la noche antes de un examen.

estánfor

Rollosonajero antes de un examen

Esta noche está especialmente nervioso porque no le fue bien en el último examen. Era el examen de grupo.

Alguien del grupo rellenó la ficha para que quedara así:

Tuve que hacerlo.

Si el viejo Crocus pensaba emparejarme con Ya Sabes Quién, no me quedaba más remedio que poner todos los palos posibles a las ruedas de la maquinaria para detener en seco aquella perversidad.

Lógicamente, Rollo no lo ha visto igual. Tiene una visión muy estrecha. No como yo, que tengo una visión global de las cosas. Y sé que a veces alguien se ha de sacrificar por el bien del equipo.

Algún día me lo agradecerá. Pero hoy no. Hoy al pobre le va la cabeza como una locomotora revolucionada.

Lo que me hace pensar una cosa.

Un día tengo que acordarme de llevar encima una cuerda para atar el zumo de naranja que bebo cada mañana a la cabeza de Rollo. Después de todo, dice: AGÍTESE ANTES DE SERVIR.

Quedaría una cosa así:

Por eso mismo no me preocupa tener una mala racha como detective.

Siempre podré trabajar de inventor.

CAPÍTULO 15

La casa de los rollos voladores

<<La inhumanidad del hombre hacia el hombre es difícil de soportar>>.

—Timmy De Sastre

Debo seguir trabajando. Por eso me he agenciado un vehículo nuevo. Yo le llamo el Totalmóvil.

Mi socio lo considera humillante. Yo pienso que bastante suerte tiene de tener un trabajo.

He escrito «Grandeza» a un lado para que la gente que nos vea pasar sepa que somos grandes.

Pero esa grandeza no me ha preparado para la visión que he encontrado al llegar a la casa de los Weber.

Una escena de desolación total, en la que solo quedaban huellas del paso de alguien inhumano. Alguien decidido. Alguien que ha elegido un arma que viene en paquetes de seis, doce y veinticuatro. La imagen siguiente puede dañar vuestra sensibilidad.

Papel higiénico. Por todas partes.

Y mucho cuelga de las ramas más altas de los árboles, lo que quiere decir que los culpables saben trepar muy bien. Es una pista importante, la anoto en mi cuaderno.

Llamo a la puerta de los Weber. Me abre Jimmy Weber. Va al mismo curso que yo.

—¿Cómo lo lleva tu familia? —pregunto.

—Lo lleva bien —dice Jimmy—. No es la primera vez que nos «enrollan». ¡Ni que nos hubieran echado mal de ojo!

—Mal de ojo —me repito mientras lo anoto también en el cuaderno.

Le pido a Jimmy una lista completa de sus enemigos.

—¿Enemigos? —dice—. No tengo ninguno.

—Todo el mundo tiene —le digo.

—No, de verdad. Soy amigo de todos: de los de mi clase, de los de mi equipo de fútbol, de los que trabajan conmigo en la revista de la escuela...

Ajá.

—Quiero una lista completa de todos los artículos que has escrito —le digo.

—¿Artículos? —dice.

—Para la revista —contesto.

—¡Ah! No, no escribo artículos, solo el menú que ponen en la cafetería cada semana. Pero ¿qué tiene que ver eso?

Exhalo un suspiro de paciencia. Me recuerdo a mí mismo que no todo el mundo es detective.

—Escucha, chaval —le digo—. Alguien no quiere que se publique esa información.

—¿Quién? —pregunta.

Le señalo el papel higiénico colgante.

—Alguien que no se anda con juegos.

Le tiendo mi tarjeta.

—Mira, Timmy, gracias, pero ya no necesito tu ayuda.

—¿A qué viene eso? —pregunto—. Me has llamado por la línea urgente.

—Sí, pero hace una hora. Has tardado un poco en venir.

Es cierto. He llegado tarde. Total se había quedado dormido ante la puerta de mi habitación y no podía salir, lo cual es muy poco profesional por parte de Total.

—Sí, bueno, pero ya estoy aquí y te llevaré el caso —le digo.

—Lo siento —dice—, pero ya he contratado a otra agencia de detectives. He contratado a...

No digas el nombre. No digas el nombre. No digas el nombre. No digas el nombre. No digas el nombre. No digas el nombre. No digas el nombre. No digas el nombre.

—Corrina Corrina.

Ha dicho el nombre.

CAPÍTULO 16

El capítulo que quería posponer.
El capítulo sobre la Bestia Negra.

A veces el mal adopta la forma de Gengis Kan.

A veces el mal adopta la forma de Atila.

Y a veces el mal adopta esta forma:

Corrina
Corrina

De verdad que no quiero dedicar ni un minuto más de lo estrictamente necesario a escribir sobre el Centro del Mal en el Universo. Primero, porque nunca dedico ni un minuto a pensar en ella. Y segundo, porque realmente la odio mucho.

Así que seré breve: la Bestia Negra tiene una agencia de detectives, la CCIA, que, según ella, significa «Corrina Corrina Investigación en Acción». Según yo, significa «Corrina Corrina la Idiota que Alucina».

Es la peor agencia de detectives de la ciudad y probablemente del estado. Puede que hasta de toda la nación. Pero la gente se deja engañar por las oficinas que tiene en el centro, oficinas que su padre, un rico constructor, le deja usar. Antes era un banco. Tiene columnas y suelo de mármol y una enorme cámara de seguridad. Es así:

Como podéis ver, es patético. Y para los que estamos en el negocio, dice a gritos «¡Aficionada!». Lo más estúpido y lo menos profesional es que la sede está en la primera planta. Eso significa que cuando me traslade al último piso de mi rascacielos en el centro, podré tirarle cosas.

Lo que es aún más ridículo es que la pobre niñita tiene un montón de material de vigilancia de alta tecnología, todo suministrado por su papá. Cámaras equipadas con zoom, binoculares de alta potencia, micrófonos ocultos... lo que queráis.

A lo mejor os resulta impresionante, pero lo cierto es que para cualquiera que conozca el negocio, solo significa una cosa:

Lo necesita todo.

Porque los detectives de verdad hacen la vigilancia a la antigua. Con sus propios ojos. Y desde los escenarios más indeseables, como la cesta de la ropa sucia. Lo cual es un problema cuando tu madre tiene que hacer la colada un día antes de lo que esperabas.

CAPÍTULO 17

Que no te la den con queso

Si tenéis que quedaros con algo de este capítulo, que sea esto: Timmy De Sastre no se deja quitar un cliente por Corrina Corrina.

Lo que ha hecho ella robándome el caso Weber es poco ético, ilegal e inmoral. En consecuencia, he presentado una denuncia a la Cámara de Detectives. No es la primera denuncia que he puesto contra ella. Es la número 147.

Como no tengo ordenador ni máquina de escribir, he de escribir las denuncias a mano y sobre hojas de libreta. Esta es la que le puse el mes pasado:

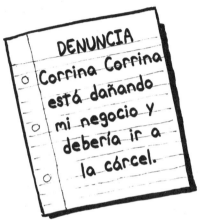

Aquí hay otra que puse a la semana siguiente:

Ni siquiera sé dónde está Turkmenistán. Pero suena muy lejos.

A veces mis denuncias son más breves y centradas.

Y a veces mis denuncias también son de seguimiento.

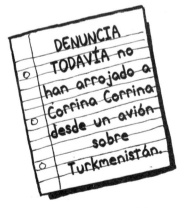

Mientras estas denuncias siguen su curso, yo estoy haciendo dos grandes cambios en la agencia. Primero me compré un sombrero.

Os ruego que no me preguntéis por qué pone GALLETAS. No lo sé. Puede que el anterior propietario vendiera galletas. El caso es que me da un aspecto mucho más profesional.

El segundo cambio es más sustancial.

He decidido regalar queso.

Hasta ahora, el negocio va de maravilla. Al menos en lo del queso gratis.

Aunque todo el mundo se empeña en hacer la misma pregunta estúpida.

CAPÍTULO 18

No cuentes con el contable

Estoy sentado en mi habitación. Obligado por mi madre.

Mañana tengo dos exámenes de ortografía y quiere que estudie.

Pero no puedo, por culpa del Desastremóvil.

Ayer mi madre me dijo que iba a buscarlo al garaje para dar una vuelta a la manzana. Le dije que no fuera porque en el garaje había arañas.

araña

Me dijo que no le daban miedo las arañas.

Le dije que no quería decir «araña», quería decir «anaconda gigante».

Lo dejó correr y no ha vuelto a sacar el tema. Pero no puedo seguir recurriendo a los reptiles amazónicos. Llegará un día en que se va a enterar. Y antes de que eso ocurra tengo que encontrar el Desastremóvil. Lo que significa redoblar los esfuerzos hechos hasta ahora e invertir recursos considerables en la búsqueda. Como no sé si De Sastre & Total tiene esos recursos, compruebo los números del último semestre en el libro contable de la agencia.

Llevar los libros es una de las tareas que asigné a Total cuando se incorporó a la empresa. Decidí confiar en él porque (a) no tenía tiempo de hacerlo yo y (b) me dio a entender que tenía cierta experiencia en contabilidad.

Por eso esperaba que los libros reflejarían con fidelidad los ingresos y gastos brutos de De Sastre & Total para el ejercicio fiscal, ordenados con sumas y restas en filas y columnas. Algo así:

INGRESOS		GASTOS	
Paga:	2,00 $	Alitas de pollo:	5,49 $
Caso Gunnar:	(no cobrado)	Alitas de pollo:	5,49 $
Paga:	2,00 $	Sombrero:	10,00 $
Caso Hodges:	(no cobrado)	Alitas de pollo:	5,49 $
Total:	4,00 $	Total:	26,47 $

Pero no. Están así:

Busco a mi contable.

Lo encuentro sentado sobre la rejilla de ventilación.

Comiéndose el queso gratis.

Programo una teleconferencia con mi madre.

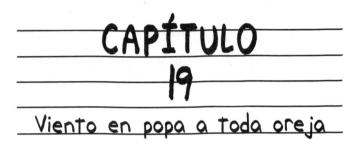

Viento en popa a toda oreja

—Necesito contratar a un administrativo —le digo a mi madre.

Está sentada a la mesa de la cocina. La mesa está cubierta de facturas.

—Si quieres que estudie en la escuela y al mismo tiempo lleve la agencia, no me queda más remedio.

Como no contesta, se lo vuelvo a pedir.

—Mira, si me avanzas fondos a un tipo de interés razonable, podré contratar a dicho administrativo.

Se vuelve hacia mí:

—Timmy, la papelería me ha reducido el horario. Ando algo escasa de «dichos» fondos.

Me quedo mirando el lío de papeles que hay sobre la mesa y cojo uno de los extractos de la tarjeta de crédito. Dice:

IMPORTE TOTAL ADEUDADO: 1.485,23 $

—¿Y ya está? —le digo enseñándole el extracto.

—¿Y ya está qué? —pregunta.

—Estas cantidades —le digo—. Son insignificantes.

Señalo la factura del teléfono, la del gas y una factura médica.

—Con la cantidad de dinero que De Sastre & Total ingresará a final de cada ejercicio, casi podré pagar todo esto con la calderilla sobrante.

Mi madre apoya la mejilla en mi cabeza.

—Sería un préstamo, claro —le digo—. Timmy De Sastre no da limosnas.

Me envuelve con sus brazos y me estrecha contra ella.

—Pero cuando la agencia se amplíe, es probable que tengamos algún puesto para ti, de manera que te deduciremos la cantidad prestada de tu nómina.

Mi madre me sopla fuerte en la oreja. Lo hace a veces para hacerme reír.

—Un poco de seriedad —le digo.

Deja de hacerlo.

—Hazlo otra vez —le pido.

CAPÍTULO 20

Que la legumbre te acompañe

Estoy encaramado a la cajonera de Rollo Tookus para mostrarle cómo los monos pusieron el papel higiénico en los árboles de Weber.

No me hace ni caso.

—Lo siento, pero tenemos el examen de lengua dentro de cuatro días. Me cuesta seguirte.

Entonces le habló de Garbanzoman.

—¿Quién es Garbanzoman?

—Es la nueva mascota de la agencia. Lo he hecho con ropa vieja y una bolsa de papel, rellenándolo todo con periódicos viejos.

Le enseño una foto que llevo en el bolsillo.

—¿Para qué? —pregunta Rollo.

—Para transmitir una sensación de grandeza aterradora. Quiero intimidar al desgraciado que robó el Desastremóvil. Intimidar a esa persona tanto que acabe devolviéndolo. Pondré a Garbanzoman en el jardín de mi casa con un cartel que diga GARBANZOMAN LO VE TODO.

—No tiene ningún sentido.

—Tú no tienes ningún sentido. No me sigues —le digo—. Además, no tienes ni idea de marketing.

—¿Por qué lo has llamado Garbanzoman?

—Porque el garbanzo es una planta voluminosa.

—Querrás decir «leguminosa». Y el garbanzo no es la planta, es la semilla.

Este es el problema de los tipos como Rollo Tookus. Se creen que lo saben todo, y no lo saben.

—Es igual, tengo que estudiar —dice Rollo—. Mi tutora viene a ayudarme dentro de media hora.

Aquí me veo obligado a revelaros la pequeña mancha que hay en mi amistad con Rollo Tookus. De hecho no es tan pequeña, es *garbanzal*.

Y es así:

Sí, amigos: la tutora de Rollo Tookus es ni más ni menos la Bestia Negra. No quiero revivir las tropecientas discusiones que esto ha provocado. Basta con resumir nuestras posiciones respectivas.

Posición de Rollo: Corrina Corrina es muy inteligente y le ayuda a sacar sobresalientes.

Posición de Timmy: Rollo es un enorme y estúpido traidor.

Tengo que admitir que, cuando estamos juntos, Rollo procura no mencionarla. Solo habla de «la tutora». Y me avisa con tiempo antes de que llegue para que yo no tenga que estar bajo el mismo techo que alguien tan falto de ética.

—Vale, Rollo, ya me voy. Pero hazme un favor: estate atento a las pistas. Creo que tu tutora ha cometido un delito de sustracción de vehículo.

—¿A qué te refieres?

—Creo que ella robó el Desastremóvil.

Rollo cierra el libro y se queda mirándome.

—Tiene un padre rico, Timmy. Me parece que no necesita tu Desastremóvil.

—¡No es lo que *ella* necesita, Rollo! Es lo

que *yo* necesito. Y necesito el Desastremóvil. ¿No reconoces un sabotaje industrial en cuanto lo ves?

—Oye, Timmy, de verdad que tengo que estudiar. Si tan seguro estás de que lo cogió ella, ¿por qué no haces una visita sorpresa al banco donde tiene la oficina? Por si lo ves allí.

Debo admitir que ha sido el único consejo decente que Rollo me ha dado en su vida. Por eso echo una moneda a su cubilete de lápices y le doy una palmadita en la cabeza.

Salgo solo de la casa y camino por las calles polvorientas. Las calles sembradas de papeles de periódico arrugados.

Un montón de periódicos arrugados.

Que van marcando un camino hasta el jardín de entrada de mi casa.

Y hasta los restos de un hombre que no era tan aterrador ni leguminoso como yo creía.

CAPÍTULO 21

Horizontes de grandeza

Me voy al centro para hacer una visita de reconocimiento al cuartel general de la CCIA. Como soy tan conocido y no quiero que me vean, voy de incógnito.

Bajo la manta de mi cama.

Aunque, por supuesto, sin desaprovechar la oportunidad de promoción que me da la manta por detrás.

Por desgracia, el disfraz no sirve de mucho. Pronto me encuentro rodeado de admiradores.

¿Te queda queso gratis?

Pero no me importa. Porque al llegar al centro de la ciudad lo veo claro.

El mundo entero ha cambiado.

Y el mundo ha cambiado porque en la sombra de la futura sede de De Sastre & Total veo mi destino.

Un destino con el que nadie puede atreverse a jugar.

Soy el inminente director de la mayor agencia de detectives del mundo.

Un empresario multimillonario con miles de empleados que han llegado tan lejos siguiendo una idea muy sencilla: la Grandeza.

Soy un detective sin igual.

Un visionario sin límites.

Un pionero del mañana cuyo único desafío es no perder la humildad.

Así pues, por ahora, caminaré humildemente por la acera del patético banco donde se halla el cuartel general de la CCIA, todo por seguir el consejo de Rollo sobre el Desastremóvil. Un consejo que se revelará equivocado. Porque Rollo Tookus siempre se equivoca.

SIEMPRE SE EQUIVOCA

estánfor

Pero no pasa nada.

Porque el consejo me ha traído hasta aquí.

Hasta el rascacielos de mi grandeza.

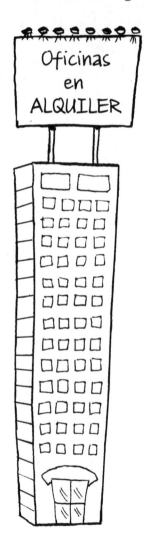

Que está al lado mismo del banco.

Detrás del cual hay algo que reconozco.

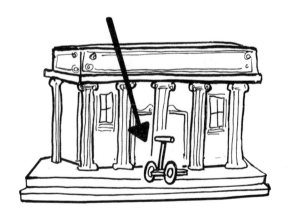

El mundo entero ha cambiado.

CAPÍTULO 22

La felicidad no está en una estúpida manta

Este capítulo tenía que haber ido así:

Timmy De Sastre corre hacia la parte trasera del banco y coge el Desastremóvil. En ese momento, la Malvada sale corriendo por la puerta principal.

Timmy la agarra del cuello de su no menos malvado abrigo.

—Te he atrapado, Malvada.

La Malvada chilla.

—De nada te servirán tus chillidos —dice Timmy—, pues te he atrapado con las manos en la masa.

La Malvada llora.

—De nada te servirán tus lágrimas —dice Timmy—, pues ya eres historia, como lo es tu agencia. Es el fin. Estás acabada.

Con su malvada cabeza gacha y las manos esposadas a la espalda, la Malvada llama a Timmy camino del furgón policial.

—¿Qué quieres, Malvada? —pregunta Timmy con tono cortés.

—Decirte una cosa —contesta ella, mientras la baba de la envidia corre por una comisura de su triste boca.

—Pues dímela —ordena Timmy.

—Eres la grandeza en persona —dice ella.

Pero al final el capítulo no va así. Porque, antes de que pudiera pasar todo eso, pasó esto:

Sí, amigos: el gobierno del país me detuvo enganchando una punta de mi disfraz en uno de sus buzones. ¿Por qué?

Un soborno.

¿De quién?

De alguien cuyo nombre rima con Perfidina.

Solo diré una cosa: es muy triste que el gobierno del pueblo, por el pueblo y para el pueblo, decida amarrar a ese pueblo a los buzones.

Pero amarráronme a mí.

Y atrapado estuve yo.

Hasta que veinte minutos después me di cuenta de que me podía quitar la manta de la cabeza.

Pero ya era demasiado tarde.

El Desastremóvil ya no estaba.

Estaba aquí.

Seguro que se lo habían llevado los mismos funcionarios gubernamentales que me amarraron al buzón.

En fin, ahora ya sé con quién me la juego. Yo solo contra Perfidina y todos los gobiernos del mundo. La mayoría de gente se asustaría. Pero yo no soy la mayoría, yo soy Timmy De Sastre. Y ninguna persona ni gobierno ni fuerza de la naturaleza me detendrá.

Excepto tal vez el frío que paso por la noche, porque olvidé recuperar la manta y no puedo esperar que un «amigo» comparta la suya conmigo.

CAPÍTULO 23

Timmynator: el juicio final

Rodeado de lobos.

Enterrado vivo.

GALLETAS

R.I.P.
TIMMY
El chico que
tenía queso
pero no galletas

Haciendo mates.

$$4840 \div 16 = \underline{\hspace{2cm}}$$

Son algunos de los horrendos lugares en los que preferiría estar antes que donde estoy ahora:

Que es frente al Dragón Encolerizado en que se ha convertido mi madre en el garaje.

—¿Dónde está, Timmy? —grita—. ¿Dónde está mi Segway?

—¿Qué estás haciendo? —contesto.

—Vaciando el garaje —dice—. ¡Y quiero saber dónde está el Segway!

—¿Por qué estás vaciando el garaje?

—Timmy, ¡dime dónde está el Segway!

Se me dispara un tic en el ojo izquierdo. Luego en el derecho. Me pasa cuando estoy nervioso.

—No lo sé.

No dice nada.

No digo nada.

Y veo la cólera desaparecer de sus ojos, sustituida por algo peor. Algo que no puedo soportar.

Las lágrimas de mamá.

Grito la primera excusa desesperada que surge de mi gran cerebro:

—¡Molly Moskins lo necesitaba para una obra de teatro!

Eso deja aturdida a mi madre. Y a mí.

—¿Quién es Molly Moskins? —pregunta mientras se enjuga una lágrima.

—Una niña muy pesada que huele a mandarina —me gustaría decir.

Mandarina

Pero no lo digo. Digo:

—Una niña de mi clase que monta una obra de teatro, y el protagonista lleva un Segway. No sé más. Es su obra y debe de ser un rollo.

Mi madre deja de llorar, más sosegada.

—Pues deberías haber preguntado antes de prestar algo que no es tuyo.

—Lo sé —digo—. Lo siento mucho. No volverá a ocurrir.

—Bueno, ¿y cuándo lo devolverá?

—La semana que viene —le suelto—, que ya habrán representado la obra.

¡Si seré burro! Debería haber dicho «el mes que viene». Necesitaba más tiempo. Esas lágrimas de mamá me han enturbiado el entendimiento.

—Está bien, pero más te vale devolverlo entonces.

Salgo con paso tranquilo del garaje, para evitar toda sospecha. Me despido con la mano. ¡Gran error! Nunca lo hago. ¡Recupera la compostura, hombre!

En cuanto ya no me ve, salgo corriendo. Tengo que hablar con Molly Moskins antes que ella. Tenemos que cuadrar las versiones.

Mi actuación no ha sido muy buena, lo sé, pero ha funcionado.

Y al menos ha seguido fielmente mi brillante plan en lo relativo al Desastremóvil desaparecido:

CAPÍTULO 24

Gofre con bigotes

No me gusta Monsieur Gofre.

Es la gata de Molly Moskins. Y, en cuanto ve que no miro, mete la pata en mi té.

—¡Le gustas! —dice Molly Moskins— Así es como lo demuestra.

Aguanto porque necesito a Molly Moskins. Necesito que corrobore mi mentira. Y aquí estoy, en su porche, tomando el té.

—Deberíamos tomar el té una vez a la semana. ¡Sería maravillocreíble y fantastiguay! —grita Molly, exhibiendo su tendencia a emplear palabras que no existen.

Está tan emocionada desde el momento en que me ha visto en su puerta que no ha parado de hablar. Ni siquiera he podido decirle que su gata es una *madame*, no un *monsieur*.

—Molly, tenemos que hablar de algo.

—¡Oh! ¡Me encanta hablar! —dice señalándome el sombrero—. ¿Te gustan las galletas?

Alzo la cabeza y la miro directamente a esas pupilas tan extrañamente desparejadas.

—Molly Moskins, mi agencia te necesita.

—¡Hala! —exclama—. ¿Es una agencia de modelos? Supongo que te intereso por mis ojos.

—No, Molly —le explico—, no es una agencia de modelos. Es una agencia de detectives.

Mientras estaba diciendo eso, oigo un ¡SPLASH!

Es Monsieur Gofre.

Que ha aprovechado que yo miraba hacia otro lado para meter *dos* patas en mi té.

—Molly, mi agencia resuelve grandes delitos internacionales. Está a punto de convertirse en una compañía multimillonaria, la mayor de su categoría.

Ahí va esa. Molly abre mucho los ojos desparejados.

—¡Me encantan las galletas! —dice, señalando otra vez el sombrero.

Me levanto para irme.

—Me estás agotando los recursos, Molly, y tengo casos por resolver. No hace falta que me acompañes.

Pero antes de que pueda bajar los escalones del porche, Molly se planta de un salto en mi camino. El súbito movimiento lo invade todo de olor a mandarina.

—¡No te vayas! —grita la Niña Mandarina—. ¡Tengo casos! ¡Muchos casos!

Me agarra de la mano y me lleva hasta su habitación, donde abre la puerta del armario.

—¡Mis zapatos han desaparecido!

Tras ella hay un enorme organizador de calzado, lleno de montones de zapatos.

—Bueno, no han desaparecido todos, pero sí muchos. ¡Alguien internacional los ha robado!

Por fin. Un caso internacional.

Regreso a la mesa del porche a tomar abundantes notas. La primera dice:

«No dejar a Monsieur Gofre sin vigilancia».

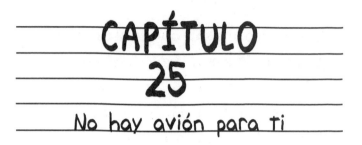

CAPÍTULO
25

No hay avión para ti

Un avión de combate F-16 no se puede alquilar.

F-16

Al menos eso es lo que te dirán si te presentas con tu oso polar en una oficina de alistamiento. Tampoco te darán un helicóptero Chinook.

Chinook

Les explico que solo quiero arrasar un banco, que ni siquiera es un banco de categoría.

—Te puedo dar esto —dice el reclutador mientras señala hacia el dispensador de agua y me tiende un vaso de papel.

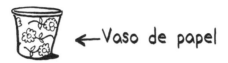 ←Vaso de papel

Total se relame.

—Señor, creo que no lo entiende —le digo—. He declarado la guerra total contra la Malvada.

El encargado interrumpe su trabajo y me mira. Le devuelvo la mirada.

—Es una amenaza de un metro y veinte para nuestra sociedad.

Se restriega los ojos.

—Mira, chaval. Yo tengo trabajo que hacer. Si quieres alistarte en el ejército, ven a verme cuando tengas dieciocho años.

¿Qué podía esperar de empleados del mismo gobierno que me amarró al buzón?

No hay duda de que la Malvada les ha hablado de mí: mentiras, declaraciones difamatorias.

Seguro que ha intentado convencerles de que estoy pirado.

Por eso llevaba la camiseta que llevaba cuando me he presentado en la oficina de alistamiento.

Mi socio no ha tomado precauciones similares para causar una buena impresión. Intenté explicarle que trataríamos con el ejército. Un ejército que tiene estrictos requisitos de peso:

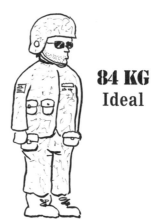

84 KG
Ideal

Que él no los cumplía.

680 KG
gran
gordinflón

Pero no. El grandullón no quiso adelgazar. Y cuando hemos entrado en la oficina de alistamiento para alquilar un avión de combate, ¡pataplaf!, hemos causado una primera impresión horrible. Tal y como le había avisado que pasaría.

Creo que cuando acabe mi guerra total con Perfidina le haré un favor al pobre bicho, como mandarlo a la escuela de negocios. Quizás ahí le enseñen lo que es un vaso de papel. Y quizá la próxima vez que entremos en una oficina de alistamiento, no nos echarán a patadas por hacer esto:

CAPÍTULO 26

Mantén tu mente despierta (también en plena noche)

Me despierto a las tres de la madrugada.

Con una revelación.

(Es algo que nos pasa a los buenos detectives. Nuestros cerebros no paran nunca.)

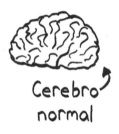

Cerebro normal

Cerebro de Timmy

La revelación es la siguiente:

Cuando estaba con Molly Moskins y le dije que me tenía que ir porque soy un detective muy ocupado, me paró y me pidió que me quedara, con el argumento repentino de que le habían ro-

bado muchos zapatos. Le pedí que identifica-
ra uno de los zapatos robados y me señaló un
zapato rojo de su armario, diciendo que faltaba
el otro.

Pero lo tenía escondido a la espalda.

Zapato
que falta

Ahora me doy cuenta. Ahora veo qué trama-
ba. Lo anoto en mi cuaderno de detective.

Molly
Moskins
es una
ladrona
de zapatos
internacional.

CAPÍTULO 27

Cogiendo el toro por los cuernos

Hay algo que no va bien en nuestro sistema educativo.

Básicamente, es aburrido.

Si los educadores quisieran de verdad que aprendiéramos, incluirían algunas cosas en la jornada escolar que harían que el aprendizaje fuera más interesante.

Por ejemplo, poner a Rollo Tookus y a un toro en un recinto cerrado.

Eso me enseñaría a no jugar nunca con toros. En lugar de eso, va y me ponen a Rollo de pareja de estudio. Y es aburrido como la arena.

Esto de la pareja de estudio va así: el profesor te empareja con alguien de la clase. Tú le repasas la lección a tu pareja y tu pareja te la repasa a ti.

La lección de hoy va de identificar conjunciones. Rollo me enseña así:

Yo le enseño a Rollo así:

—Para ya —dice Rollo. ¡Nos va a ver Crocus!

—¡Qué va! —le digo—. Está en su mesa leyendo folletos del Caribe.

—¿Para qué?

—Vete a saber. Oye, necesito que me ayudes.

—¿A qué?

—Tienes que infíltrate en la CCIA.

—¿Infiltrarme dónde?

El viejo Crocus asoma las gafas por encima de su folleto de vacaciones.

—Vosotros dos: ¿es que no tenéis nada que hacer?

—Sí, señor Crocus —dice Rollo.

Menudo pelota.

Bajo la voz.

—Es la agencia de Corrina Corrina. Tiene mi Desastremóvil. Lo vi allí con mis propios ojos.

Recordatorio
narrativo
➡

—¡Chis! —susurra Rollo—. No quiero tener nada que ver con tus estúpidos planes.

—Vale — le digo—, muy bien.

—Pues bien —dice.

—Pero creo que el próximo examen vuelve a ser en grupo. Espero volver a hacerlo tan bien como la última vez.

Su cabeza se agita como una maraca.

⬅ Maraca

—Está bien —dice—, lo haré. ¿Ya hemos acabado?

Añado una última cosa.

—¿Te gustan los toros?

CAPÍTULO 28

Rollo y la cámara secreta

—Estás perfecto —le digo a Rollo.

—No lo estoy. Estoy ridículo.

Va disfrazado de margarita.

—¿Qué te hace pensar que así podré entrar en el banco de Corrina Corrina? —pregunta.

—Ya te lo he dicho antes.

—Dímelo otra vez.

—Eres Tom Margarita. Participas en el Desfile de Flores Humanas.

Representación del artista de lo que debe de ser un desfile de flores humanas

—¿Y entonces por qué me paro en un banco?

—Porque Tom Margarita quiere abrir una cuenta.

—Pero ella me dirá que ya no es un banco, que es el CC no sé cuántos.

—No importa. Para entonces ya habrás mirado. Ya habrás registrado el lugar con la vista.

—¿Y por qué no voy sin disfrazar?

—Sospecharía. Sabe que somos amigos.

Le doy un par de monedas.

—¿Para qué es esto? —pregunta.

—Para el autobús. No puedes ir con el Totalmóvil. Te descubrirían.

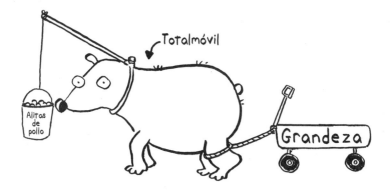

—No puedo hacerlo.

—Lo harás bien.

Pero no. No lo hizo bien. Lo hizo a lo Rollo.

Lo que pasó después hiere tanto mi sensibilidad profesional que no sé si ponerlo o no en el libro. Demuestra cómo hasta un plan tan brillante como este puede quedar diezmado por la torpeza de un aficionado idiotizado. Para distanciarme de todo ello, le he pedido a Rollo que lo escriba él mismo.

MI RELATO

por ROLLO TOOKUS

14:55 h — INTENTO SUBIR AL AUTOBÚS.

14:56 h — EL CONDUCTOR GRITA:
¡TÚ, CHALADO, FUERA DE MI AUTOBÚS!

14:57 h — INICIO LARGA CAMINATA HASTA EL BANCO.

14:59 h — LOS PÉTALOS DE LA MARGARITA SE METEN
EN LOS OJOS DE LA GENTE. GENTE ENFADADA.

15:01 h — HOMBRE ENFADADO CON DAÑO EN ▓▓#
OJO SE PONE A ARRANCARME LOS PÉTALOS.

15:04 h — ▓▓▓▓▓▓▓▓▓▓▓▓▓▓▓▓▓▓▓

QUEDO ASÍ ↓

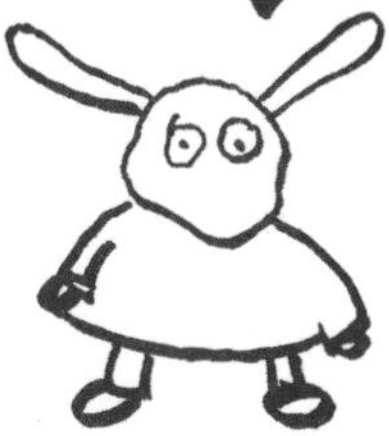

16:30 h — LLEGO AL BANCO.

~~▓▓▓▓▓▓▓~~ LLAMO A LA PUERTA.

CORRINA CORRINA DICE:

«¿QUIÉN ERES?».

CONTESTO: «TOM MARGARITA».

DICE QUE PAREZCO UN CONEJO TRISTE.

LE DIGO: «SOY TOM EL CONEJO

▓▓▓▓▓ "TRISTE". DICE:

«¿QUÉ NARICES ES TODO ESTO?».

16:31 h — ~~█████~~ MI CABEZA EMPIEZA A REBOTAR.

CORRINA CORRINA DICE:

«¿ERES TÚ, ROLLO?».

LE DIGO: «NO, CORRINA CORRINA».

16:32 h — ME HAN DESCUBIERTO.

CORRINA CORRINA DICE:

«PASA, ROLLO.

DIME QUÉ ES TODO ESTO».

PÁNICO TOTAL.

DIGO: «GRAN DESFILE.

YO TOM. ¡TOM QUIERE

ABRIR BANCO!».

16:34 —

CORRINA CORRINA PREOCUPADA
POR MI SALUD. LA CABEZA
NO ME PARA.
CORRINA CORRINA ME OFRECE
UN VASO DE AGUA. DIGO:

«AGUA NO.
¡YO SALIR
DE AQUÍ!».

NO PUEDO HABLAR.

SUENA EL TELÉFONO DE CORRINA CORRINA.
SALE DE LA HABITACIÓN.

INTENTO CUMPLIR ~~MI~~ MISIÓN.
COMPRUEBO EL LUGAR.
ENCUENTRO HABITACIÓN GIGANTE
DONDE EL BANCO GUARDA
CAJA FUERTE.
ENTRO.
OIGO RUIDO DE
PUERTA GIGANTE DE ACERO
QUE SE CIERRA.

16:35 h a 20:30 h

Encerrado en cámara de seguridad

No voy a entrar en detalles sobre todo lo que hizo Rollo durante aquella larga noche:

- Hiperventilarse cuando me llamó desde su pequeño móvil de emergencia.
- Dedicarme adjetivos poco agraciados.
- No decir gracias cuando llamé a su madre de su parte y mentí diciéndole que Rollo pasaría la noche en mi casa.
- No escuchar con atención mientras le leía mi libro con todos los derechos reservados *Cómo sobrevivir al cautiverio enemigo con judías y una sonrisa*.

- Asustar al empleado de la limpieza cuando llegó y se encontró con un conejo mutante.

De lo único que me lamento de aquella noche es del insuficiente trabajo de reconocimiento que hizo Rollo. Porque cuando le pedí un plano del banco, esperaba algo más que esto:

CAPÍTULO 29

El piso no puede esperar

Ya sé por qué mi madre estaba vaciando el garaje:

Nos mudamos.

Dice que, con todo lo que le está pasando en el trabajo, tenemos que mudarnos a un piso.

Pero nada de esto tiene importancia porque pronto ganaremos más dinero de lo que es decente ganar.

Eso sí, la consecuencia a corto plazo es que De Sastre & Total podrá librarse por fin del armario de reducidas y degradantes dimensiones al que se halla ahora confinado. Y con eso basta para levantar el ánimo del entorno laboral.

He celebrado una teleconferencia con mi madre para negociar el espacio de la nueva oficina que tendré en el piso. Incluso he presentado un dibujo esquemático de cómo debería distribuirse el piso.

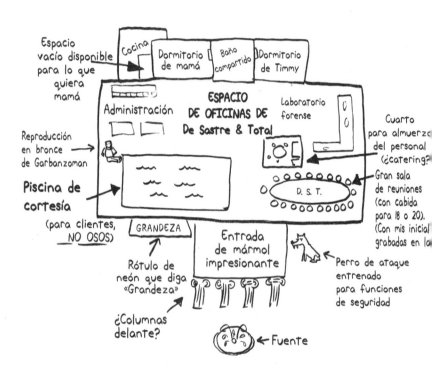

En otro golpe de fortuna, acabo de resolver el caso Weber.

No sé si lo recordaréis. Si no, mirad aquí.

Centré todos mis recursos en aquel caso para demostrar a Perfidina que no soy un detective con el que se pueda bromear.

¿Que cómo lo resolví?

Primera pista: Jimmy Weber dijo algo de alguien que tenía mal un ojo. ¿Y quién puede ser sino...?

Además, ya sabemos que Molly Moskins es una ladrona internacional de zapatos. A eso se le llama reincidencia (tendencia a la recaída en el comportamiento delictivo).

Sin embargo, la mejor pista de todas es la segunda. Una pista con la que me tropecé casi por accidente.

Recordaréis que cuando estaba en casa de Molly Moskins bebí bastante té (al menos hasta que Monsieur Gofre se metió en él). En consecuencia, tuve que utilizar el servicio.

Y allí es donde lo vi. Colgado a la vista de todo el mundo.

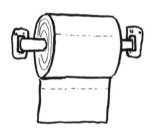

Sí, amigos: papel higiénico. El arma elegida por el agresor de los Weber.

En el baño de Molly Moskins.

Esta chica está metida en una espiral delictiva preocupante.

CAPÍTULO 30

Lo que el conducto se llevó

Clanc cataplán pom blong clinc.

No es una nueva canción.

Es el sonido que hace el conducto de las basuras del edificio de nuestro piso nuevo. Lo conozco bastante bien porque está directamente adyacente al cuartel general mundial de De Sastre & Total. En el pasillo.

Sí, amigos: haciendo caso omiso de mis repetidas solicitudes de teleconferencia, mi madre ha alquilado un minúsculo apartamento de un dormitorio. Ahora yo duermo en un sofá cama en la sala.

Y la sede de mi empresa está junto al conducto para basuras de nuestro rellano.

Normalmente convocaría una junta para comentar este arreglo insostenible. Pero no puedo, porque no cuento con el apoyo de la mitad de la junta.

Esa mitad está más feliz que nunca.

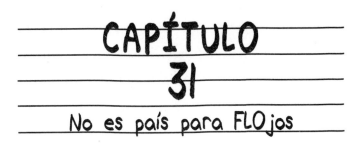

CAPÍTULO
31
No es país para FLOjos

Rodeado de ratas en las entrañas de la Tierra.

Al final de un laberinto de túneles iluminados con antorchas.

Protegido por perros de ataque.

Allí está el Desastremóvil.

No es que lo haya visto, pero me lo dice mi instinto de detective. Que casi nunca se equivoca.

Y esas entrañas se hallan probablemente bajo el cuartel general de la CCIA. Claro que eso tampoco lo puedo confirmar, porque alguien ha sido una margarita mala.

Margarita mala

La misión de arrebatar el vehículo a los sanguinarios perros le correspondería por lógica a Total. Está en el último nivel de la cadena alimentaria del Ártico. Pero la última vez que vi a Total interactuando con un perro, hacía esto:

Esto es lo malo de un depredador ártico como Total. Le das una foca y, ¡zas!, ya ha almorzado. Pero le das un perro y, ¡zas!, ya tiene compañía.

Para facilitar la labor de Total de recuperar el Desastremóvil, he enviado cartas a Perfidina con mensajes subliminales.

Pero extrañamente todas las cartas me han sido devueltas con un sello que dice NO SE PUDO ENTREGAR. Quizás es por la dirección que pongo.

Esas no son las únicas cartas con las que estoy teniendo problemas. Últimamente todas mis denuncias a la Cámara de Detectives también me están siendo devueltas. Como esta que presenté después del incidente con Rollo en el banco:

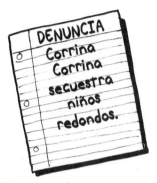

Todo me lleva a sospechar que el Servicio Nacional de Correos está untado por Perfidina. Primero me amarran a un buzón. Ahora bloquean mi correspondencia.

Como ya no puedo confiar en el servicio postal, he decidido pasarme a la tecnología.

Pero el precio era mayor del previsto.

Así pues, he tenido que celebrar una tele-conferencia con mi madre. Adjunto el acta de la misma:

Por suerte, tengo otras salidas. Como la biblioteca local. Y aquí es donde entra en escena Flo el bibliotecario.

Os presento a Flo.

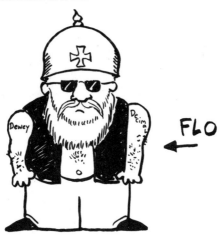

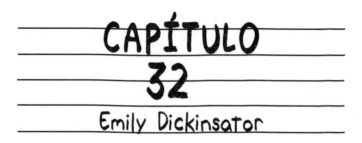

CAPÍTULO
32
Emily Dickinsator

En la biblioteca de mi barrio es mejor que no excedas el tope de veinte minutos de Internet. Porque, de lo contrario, verás esto:

Es un Flo enfadado. Y Flo no es una abreviatura de Florencio. Es una abreviatura de «Si me descolocas los libros, FLO-tarás en sangre».

La verdad es que yo nunca he visto a Flo el Bibliotecario pegando a nadie. Pero corren rumores. Rumores de usuarios que entraron en los pasillos de libros y nunca más salieron. De dedos perdidos entre las fichas del catálogo.

Por eso en mi biblioteca nadie desordena los libros. Ni arranca hojas de las revistas. Ni hace preguntas tontas.

A mí todo esto ya me va bien porque Flo y yo somos colegas profesionales. Por ejemplo, él sabe que yo tengo contactos. Contactos que, si hace falta, te pueden ayudar a salir de chirona. Del trullo. De la trena.

El trullo

Yo, a cambio, sé que él está pendiente de Timmynator. Por ejemplo, si quiero pasarme del tope de veinte minutos para navegar por Internet, me basta con mirarle. Y él emite un gruñido.

Gruñido

PRÉSTAMOS

Colegas profesionales

Por supuesto es un privilegio especial. Algo a lo que no tiene acceso la gente ordinaria. Pero así van las cosas en el sórdido mundo de los detectives. Se intercambian miradas. Desaparecen cuerpos. Se superan los tiempos de Internet.

Tiempo de Internet es lo que necesito ahora mismo. Porque me estoy haciendo una web.

Bueno, yo no. Flo.

Me vio a mí intentando hacerla y gruñó. Así que me levanté. Y él se sentó. Y empezó a aporrear las teclas con sus dedos rechonchos.

Le dije que quería que la primera pantalla dijera esto:

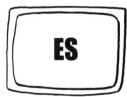

Y que la segunda pantalla dijera esto:

Y que la tercera pantalla dijera esto:

Y que la cuarta pantalla dijera esto:

Pero Flo hizo algo mal. Y ahora, cuando entras en la web, ves esto:

Me gustaría comentarle el tema a Flo, pero necesito encontrar el momento adecuado. Y no hay muchos de esos momentos, porque cuando Flo está sentado a su mesa de bibliotecario, está leyendo. Y a Flo no le gusta que lo molesten. Dicen que lee libros sobre cómo matar cosas. Y cómo deshacerse de cadáveres. Y cómo machacar cosas con el puño. Una vez llegué a ver uno de esos libros. Tenía un título raro.

Supongo que se llama así porque esta Emily habrá escrito muchos libros sobre machacar cosas con el puño. Pero luego la busqué en Internet.

Y la verdad es que, si sabe machacar cosas con el puño, la foto no le hace justicia.

EMILY DICKINSON
Machacadora de cosas
con el puño

CAPÍTULO 33

Ubres tecnológicas

Mi sitio web no es la única forma en la que pienso cambiar el curso de la historia. También utilizo los ordenadores de la biblioteca para enviar correos electrónicos.

O, como le llaman algunos en el mundo de los detectives, *e-mail*.*

El correo electrónico y los sitios web forman parte de mi estrategia multifocal para hacer crecer el negocio y destruir el de Corrina. He sacado la dirección electrónica de Perfidina de un folleto que colgó en la biblioteca.

---

* No intentéis memorizar todo este argot especializado. Es altamente técnico. He desarrollado la narración de tal manera que este tipo de palabras puedan ser entendidas contextualmente por el lector medio.

El folleto era difamatorio.

La naturaleza difamatoria del folleto es el asunto de una reclamación por correo electrónico que he enviado a la Cámara de Detectives.

Para: CamaraDetectives@geemails.com
De: TimmyDeSastre@yahoos.com
Asunto: Difamación

Yo no soy inferior a nadie.

También envío correos electrónicos espurios a la propia Perfidina. La intención de estas comunicaciones es darle pistas falsas. Hacerle gastar los recursos de la agencia. Que emprenda búsquedas inútiles. Como este que le envié ayer:

Para: CorrinaCorrina@geemails.com

Soy una vaca que he presenciado un asesinato.

Búscame y hablaremos.

P.D.: Por si te es de ayuda, hago «Muuu».

Lástima que el escáner de la biblioteca no funcionara.

Porque habría podido incluir este mapa tan útil:

Estoy en algún sitio de por aquí.

CAPÍTULO 34

Cero en toda la frente

Hay quien dice que el cero lo inventaron los mayas. Dicen que era algo muy importante. No sé por qué. Pero sí que sé que, sin él, no se podría puntuar este examen:

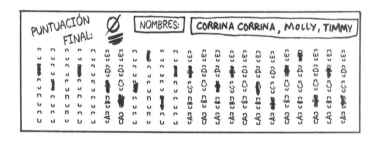

Este es nuestro examen de lengua en grupo. El que le preocupaba a Rollo.

(Bueno, al menos el más reciente de los que le preocupaban.)

Pero no vino porque estaba enfermo.

Y eso hizo que quedáramos solo Molly, Perfidina y yo. Y nuestro trabajo en equipo no fue ideal.

Yo pondría la C. ¿Vosotros qué decís?

Que te destrozaré.

¡Que he perdido otro ZAPATO!

Y eso hizo que Perfidina respondiera sola todas las preguntas. Y por pura chiripa las acertó todas.

Pero yo no podía compartir las respuestas con una corrupta. Por eso, cuando entregó el examen, lo volví a coger y cambié todas las respuestas: hice que las A fueran B, que las B fueran C y que las C fueran D.

Y esto hizo que nuestra E se convirtiera en I.

Fue demasiado para Perfidina. Protestó. Dijo que ya no quería trabajar en grupo. Y el viejo Crocus le contestó así:

Este hombre se está derrumbando. No sé qué parte del sistema educativo ha podido al fin con él, pero tengo una intuición:

Me temo que a partir de ahora mi educación tendrá que ser también por intuición, porque Crocus se ha rendido. Ya no llama a mi madre para una entrevista. Ya no me llama Capitán Alcornoque. Ya no me sienta con los niños listos. Ahora se limita a leer guías de viaje. A veces vestido con camisa de palmeras.

Camisa de palmeras

Y, si eso no funciona, saca una figurita hawaiana y mira cómo baila el hula.

Hula
Hula
Hula

Ni siquiera parece que le preocupe la toma de posición que adopté contra la corrupta Perfidina en el último examen de grupo. Solo hay una cosa que parece que le sienta mal. Mis fans.

¿A que el TesT que rellenó Timmy era alucinástico?

En el juego de bolos, cuando haces tres plenos seguidos, se dice que has hecho un triple o un *pavo*. Este es otro tipo de pavo:

Se llama Crispin Flavius. Y esto es todo lo que sé de él:

1. Juega a los bolos.
2. Sale con mi madre.
3. Yo le llamo «el pavo bolero».

Lo conocí ayer. Estaba sentado a la mesa de mi casa comiendo pasas. De manera que ahora sé una cuarta cosa de él:

4. Come pasas.

Aquí es cuando me toca advertir que yo odio las pasas. Lo cual no me impidió iniciar un diálogo amistoso.

Mi madre me contó que se habían conocido no sé dónde. Y luego me dijo algo más. Pero no escuché nada porque justo entonces me di cuenta de que el pavo bolero llevaba el cuello levantado. E intenté ayudarle.

Entonces me di cuenta de que le crecía algo bajo la barbilla.

Entonces me di cuenta de que solo llevaba un pendiente.

Algo trastornado por la conversación, me retiré al baño para hacer una valoración exacta en mi cuaderno de detective.

Cuando volví a la mesa, fui recibido en silencio. Miré a mi madre.

—A Crispin le gustaría que te quitaras el sombrero para cenar —dijo.

—Los caballeros no llevan sombrero en la mesa —añadió él.

Respondí lo mejor que pude.

Mi respuesta no fue bien recibida. Y mi madre me envió a mi habitación. Pero yo no tengo habitación. Tengo un sofá cama.

De manera que cogí a Total y nos fuimos a casa de Rollo.

Pero ahí tampoco fui bien recibido.

CAPÍTULO 36

Eureka

Como no tiene sentido intentar explicar a Rollo qué es una declaración de principios, lo que hago es llevarle un regalo la siguiente vez que lo veo.

Para animarlo aun más, le expongo el caso Molly Moskins. La verdad es que no quiero su opinión, pero le hace sentir bien.

—Ahora no puedo, Timmy. Me has arruinado mi media académica.

—Pero ¿crees que debería detenerla?

—Creo que tengo que estudiar.

—Si no lo hago, ningún zapato estará a salvo. Y Dios sabe lo que hará con el papel higiénico.

Rollo cierra el libro y se vuelve a mirarme.

—Si te digo lo que creo que pasa, ¿me dejarás estudiar?

Me pongo las manos detrás de la cabeza y echo una carcajada.

—Vale, listo, dispara.

—Tú le gustas a Molly Moskins. Quiere que pases tiempo con ella. Esconde sus zapatos y hace ver que se los han robado.

Me río tan fuerte que me cuesta recuperar el aliento.

—Perdón —le digo—, pero es que a veces es difícil escuchar las reflexiones de los aficionados.

—Vale, ya te he dicho lo que creo. ¿Te puedes ir ya? Tengo diez minutos antes de ir a ver a mi tutora.

Su malvada tutora

—Creía que Perfidina venía a tu casa —digo.

—No es para estudiar. La última vez que estuvo aquí se dejó algo. Le avisé y se lo tengo que llevar.

—Pues deja que te siga. Saber dónde vive es una información vital.

—Ni siquiera yo sé dónde vive —dice—. He quedado con ella en una cafetería.

—Eres un traidor desalmado —le digo—. ¿Y qué se dejó?

—La mochila —dice.

Miro hacia la mochila. Tiene un aura de maldad.

Aura de maldad

—Deberías quemarla para purificar la habitación —le digo.

—Voy al baño —dice—. Cuando vuelva me gustaría no encontrarte, por favor.

Y sale de la habitación.

Y me deja solo con la mochila.

No quiero registrarla. Pero es obvio que la salida de Rollo es una señal muy sutil para que lo haga.

Así que hago lo que él quiere que haga y la registro.

Y encuentro estúpidos libros y estuches de lápices y bufandas (ajá, ¿intenta ser como yo?).

—Bufanda

Hasta que llego al último bolsillo.

Y encuentro el Santo Grial.

CUADERNO DE
DETECTIVE DE
CORRINA
CORRINA

CAPÍTULO 37

El código Da Corrina

Como en mi oficina del conducto de la basura no tengo ninguna intimidad, me llevo corriendo a la biblioteca los secretos de la enemiga. Corro dando rodeos para evitar asesinos a sueldo.

Entro en la biblioteca. Saludo con la cabeza a Flo. Él me prepara un cubículo. Yo compruebo que no haya bombas.

Con Total apostado en la entrada trasera, mi flanco expuesto queda protegido.

Una vez establecido el perímetro de seguridad, empiezo a leer el cuaderno. Y, para demostrar mi imparcialidad, os lo reproduzco aquí sin comentarios.

Excepto los comentarios que he escrito en todas las notas adhesivas.

Lunes, 16 de octubre

Esta noche estoy sola en mi
habitación. Papá todavía está
en el trabajo. La canguro está viendo
la tele. Me acuesto antes de que
llegue papá.

Martes, 17 de octubre

Me despierto. La canguro
dice que papá se ha ido pronto.
Gran caja sobre la mesa del
desayuno. Dentro hay un par
de binoculares. La tarjeta dice: «
Para ayudarte en tu próximo caso.
Te quiere, papá.

↑ Historia creíble.
Probablemente
ha salido a robar
coches.

Papá tiene
razón.
Necesitas
ayuda. ↗

Jueves, 19 de octubre

Jimmy Weber me ofrece un caso.
Lo acepto como un favor.

Viernes, 20 de octubre

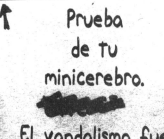

Gran falta
a la verdad
ROBO ILEG
DE CASO.

Resuelvo el caso Weber cuando
oigo a Chris Thompkins
presumir de que «enrollaron»
a los Weber.

Prueba
de tu
minicerebro.

El vandalismo fue
obra de Molly Moskins.

Miércoles, 25 de octubre

Acabo pronto el estudio
de casos para salir esta
noche al cine con
papá.

↑ Admisión
de falta
de ética
profesional.

 Jueves, 26 de octubre

Cancelada la noche de cine.
Papá tuvo viaje de trabajo.

Jimmy Weber me paga por resolver
el caso de los rollos. Le digo
que no lo merezco
por tan poco trabajo.
Le devuelvo el dinero.

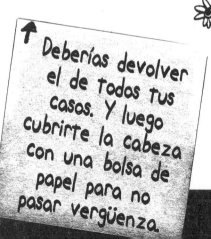

Deberías devolver
el de todos tus
casos. Y luego
cubrirte la cabeza
con una bolsa de
papel para no
pasar vergüenza.

Leo el cuaderno de arriba abajo buscando referencias a mi persona. Pero no hay ninguna. Lo más parecido es una referencia a Rollo.

Lunes, 30 de octubre

❀   ❀   ❀   ❀   ❀   ❀   ❀

El niño raro del grupo nos hace suspender el examen a todos.

¡Flipante! Ni siquiera recuerda cómo se llama Rollo. Supongo que eso es lo que pasa cuando eres tan  nadie. Está claro que le echa la culpa por estar enfermo el día del examen.

Y entonces me doy cuenta. De lo que en realidad es este cuaderno.

Me la han plantado.

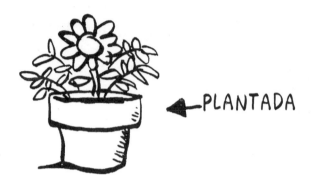

PLANTADA

No, no me han plantado una planta. Pero sí una trampa. Una encerrona. Vamos, que todo detective sabe que cuando una empresa quiere esconder sus secretos sucios, lleva libros dobles. El saneado que puede ver la policía y el de verdad.

Sabiendo que iba a ir a casa de Rollo, dejó a propósito la versión saneada en su mochila esperando que yo lo leyera. Al no encontrar ninguna referencia a mí, llegaría a la conclusión de que ¡ella no tiene nada que ver con el robo del Desastremóvil!

Así pues, ahora solo tengo que encontrar el de verdad.

El que es así:

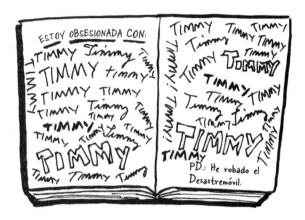

CAPÍTULO 38

Tanto prometieres que a oscuras te vieres

Me despiertan los disparos de un francotirador. Me levanto corriendo a mirar. Es Molly Moskins tirando piedras contra mi ventana.

—¿Qué quieres? —le pregunto.

—He pensado que deberíamos ensayar la obra —dice.

Ese mismo día, había llevado a Molly Moskins a mi oficina para comentar la obra. Ahora ya sabe dónde vivo.

—¡Vete, Molly Moskins! La obra no existe, ya te lo he explicado.

—Pero deberíamos ensayar —dice.

—No es buen momento, Molly Moskins. Tengo en mi posesión información clasificada. No puedo exponerme ante una ventana abierta.

Cierro la ventana de golpe y regreso a mi sofá cama.

Un montón de gravilla rompe el vidrio de la ventana.

—¿Y ahora qué? —grito mientras corro otra vez hacia la ventana—. ¡Has causado graves daños a una propiedad privada!

—¡Me han robado los zapatos! —grita—. ¡Robados internacionalmente!

—Es cierto. Va en calcetines.

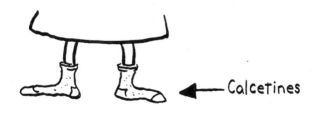

Calcetines

Cojo mi cuaderno de detectives. Hago una nota para abrir un expediente por la mañana.

Y entonces es cuando me doy cuenta de que tiene algo escondido a la espalda.

Algo escondido a la espalda

Entonces lo veo claro. Primero llevaba zapatos. Ahora no. Y ahora tiene algo escondido a la espalda.

Hago un dibujo rápido de lo que sé que tiene entre las manos.

—¡Arroja el arma ahora mismo, Molly Moskins! —le grito—. No caeremos víctimas de tu espiral delictiva.

Mi madre sale dando un portazo de su habitación y enciende la luz de la sala.

—¿Por qué gritas? —pregunta.

Me ve de pie frente a la ventana. La rota.

—¿Y qué ha pasado aquí? —grita.

—Hemos sido víctimas de una mente criminal —le digo—. Agradece que no haya sido peor.

—Pero ¿qué dices? —pregunta.

—La pequeña terrorista quería subir en calcetines. Era un caso de furtivismo.

—¿Quién? —grita.

Señalo hacia el exterior. Solamente se ven arbustos.

—Timmy, tuve que dar un depósito de fianza muy grande por esta casa. ¿Y sabes qué pasa en casos así? Pues que el dinero sale directamente de ese depósito.

Es increíblemente desagradecida.

—Primero dejas mi Segway para una obra de teatro sin preguntar. Luego rompes una ventana. ¿Cuándo aprenderás a respetar la propiedad de los demás?

Resisto la tormenta de fuego en silencio. Nadie es profeta en su tierra.

—Y, por cierto —añade, con los brazos en jarras—, ayer tuve una conversación con tu amigo Rollo Tookus.

«¡Genial! —pienso—, de ahí no puede salir nada bueno».

—Vino a buscar algo que dijo que faltaba de una mochila. Y le pregunté por esa obra de teatro de la escuela.

Se me dispara un tic en el ojo izquierdo. Luego en el derecho.

—¿Y sabes qué me dijo? —pregunta.

No. Pero nunca antes había puesto tantas esperanzas en el niño redondo.

—Me ha dicho que no había ninguna obra.

¡Subterfugio! ¡Traición! Salto sobre mi sofá cama y grito:

¡Mentiras! ¡Falacias! ¡SÍ que hay una obra!

Mi discurso es atrevido. Desafiante. Incluso conmovedor. Pero al final añado:

Y, si no me crees, ¿por qué no vienes a verlo en persona el sábado?

El sábado. El que se lleva tres días con el miércoles. Y hoy es miércoles. Es una mentira tan profunda y de tanto alcance que ahora mismo modificaría la suela de mi zapato izquierdo.

Mi madre sonríe y apaga la luz. Y me contesta desde la oscuridad:

—Iré encantada.

CAPÍTULO 39

Dame la patita

Vamos a derribar el castillo. El castillo es así:

Y el derribador es así:

No tenemos tiempo que perder. Total echará abajo la puerta. Se alzará sobre sus patas traseras. Emitirá un rugido de furia ártica que hace llorar a las focas. Seiscientos ochenta furiosos kilos exigiendo a una sola voz el Desastremóvil.

Al estilo oso polar.

Que podría requerir traducción.

¿Podrías devolverme el Desastremóvil? ☺

El cartel fue idea mía, pero el texto es de Total.

Como no me gustaba, lo cambié por algo más primitivo, más bestial. Más Frankestein.

Es cierto que el mensaje perdió claridad, pero ahora era directo. Intimidante.

Mi plan era acompañar a mi socio al banco. Vigilar las salidas. Pero no puedo.

Porque estoy atrapado.

En el reluciente Cadillac del pavo bolero.

Estoy retenido contra mi voluntad. O, según la descripción de mi madre, estoy de camino a la ferretería. Vamos a buscar un vidrio nuevo. Para la ventana que no rompí yo.

Tengo cuarenta y ocho horas para conseguir el Desastremóvil. Pero ninguna para esto.

Tampoco tengo tiempo para el sermón del pavo bolero. El que me está echando sobre crecer. Y sobre ser responsable. Y no actuar como un crío.

Y no jugar a hacer ver que somos lo que no somos.

En cuanto se para en un stop, abro de una patada la puerta del Cadillac.

Y salgo corriendo.

Corriendo hacia cualquier sitio. Hacia ningún sitio. Lejos.

Y hacia la barriga peluda de un oso polar.

Un oso al que, en su camino hacia el banco con un cartel que decía QUIERO. DAME, los tenderos y vendedores le han dado todo lo que se les ha ocurrido. Por eso, cuando esta monstruosa bestia iba a encastrar su enorme cuerpo contra la puerta de entrada del cuartel general de Perfidina para intimidarla, tenía esta pinta:

Pero no me enfado. Me da la pata y caminamos. Dos contra el mundo.

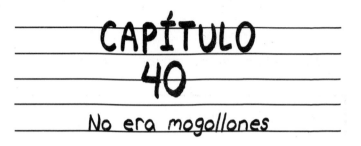

CAPÍTULO 40

No era mogollones

Era Magallanes, con «a».

Pero a mí me es igual, porque tampoco puse eso en el examen de historia sobre Grandes Exploradores.

Lo que puse fue esto:

Chang

Contesté «Chang» porque la pregunta era «¿Quién fue el primer navegante que dio la vuelta al mundo?». Y yo no lo sabía. Pero sabía que Chang es el apellido más común del mundo. Así que probé suerte.

No era la primera vez que lo hacía.

¿Quién escribió la Constitución?

Chang.

Lo importante aquí y ahora es que hoy es viernes. Y me quedan veinticuatro horas para encontrar el Desastremóvil.

Y, a no ser que uno de esos exploradores vaya a encontrarlo, no me sirven de nada.

Aunque debo decir que casi acerté la pregunta «¿Cómo se llamaban las tres carabelas de Cristóbal Colón?».

Juanito, Jorgito y Jaimito.

CAPÍTULO 41

En focando la historia

—«La Foca más Feliz sobre la Tierra creía que el mundo era un lugar maravilloso» —lee mi madre.

LA FOCA MÁS FELIZ sobre la Tierra creía que el mundo era un lugar maravilloso.

—Timmy —dice—, ¿podemos parar un momento? —Estaba leyendo uno de los cuentos que he escrito para Total. Pero Total ya duerme.

Mi madre deja el cuento.

—Escucha, sé que últimamente las cosas no han sido fáciles. Con lo de mi trabajo y el piso y todos los cambios...

Encojo los hombros y miro por la ventana oscura.

—Pero quería decirte que Crispin me ha contado la conversación que tuvo contigo —dice.

Uy, uy, uy. Se acerca el mazazo materno.

—Y le he dicho que no tenía ningún derecho.

La miro.

—Yo soy tu madre, no él. —Me aparta el cabello de la frente—. Lo que no significa que hicieras bien escapándote del coche. Crispin se ha pasado dos horas buscándote y no te ha encontrado por ninguna parte.

Claro que no. Es un aficionado. ¡Cómo va a encontrar a un detective experimentado!

—En fin. Que, si quieres, a lo mejor podríamos ir a comer marisco mañana, después de la obra de teatro. Eso le podría gustar a tu socio.

¡Ah, sí! La obra. La obra que voy a escribir en cuanto mi madre salga de la habitación.

—Mi socio estará encantado —digo—. Y es inteligente por tu parte. Tiene un cincuenta por ciento de voto en las contrataciones de la empresa.

Me da un beso en la nariz y se levanta para irse.

—¿Adónde vas? —le pregunto.

—A la cama.

—Pero no has acabado el cuento.

Sonríe y vuelve a sentarse. Y se pone otra vez a leer.

—«La Foca más Feliz sobre la Tierra creía que el mundo era un lugar maravilloso».

Da la vuelta a la página.

Pero se llevó una gran decepción.

CAPÍTULO 42

Destino Broadway

—¡No me toques! —le grito a Molly Moskins.

Me ha rodeado con los brazos. Estamos de pie ante el cobertizo que tiene en su gran patio trasero.

—¿Estás seguro de que aquí no te abrazo? —pregunta.

—¡No! —grito, oliendo a mandarina.

—Sabía que deberíamos haber ensayado más —dice—. Si hubiéramos ensayado, ahora ya nos quedaría maravistático.

Te lo he dicho, Molly Moskins. Hace solo dos horas que he acabado de escribirlo. Me he pasado la noche en vela.

Me dejo caer en mi silla de director y busco con la mano mi termo de café. Es lo único que me mantiene con los ojos abiertos.

Bueno, eso y el miedo. Mi madre llegará dentro de una hora. La convencí de que la obra se tenía que representar aquí en lugar de en el auditorio de la escuela porque durante los ensayos habían caído algunas placas del techo.

Me preguntó que por qué la escuela no podía mantener la representación en alguno de sus patios en lugar del patio trasero de Molly.

Le conté que la protagonista va de prima donna y había exigido que se hiciera en su patio. No me imaginaba que estaba diciendo la verdad.

—¡Ni siquiera has escrito un papel para Monsieur Gofre! —dice.

—Concéntrate en tu papel, Molly Moskins.

—Cuesta mucho concentrarse cuando Monsieur Gofre está triste.

Miro hacia Monsieur Gofre.

No debería haber apartado la vista de ella en ningún momento.

—Y ¿por qué escribes una obra de teatro titulada *Un Segway llamado Grandeza* cuando ni siquiera tienes un Segway?

—El Segway se sugiere, Molly, no se enseña. Se supone que está dentro de la caja.

—No lo entiendo —dice.

—Tú eres la propietaria de esta tienda que vende Segways. Y cada día paso por delante de tu tienda y te digo lo mucho que me gustaría tener uno. ¿Y tú qué dices?

Mira su guión.

—Err... «Lo siento, buen hombre. No tiene suficiente dinero» —lee.

—Perfecto. Entonces me agarro la cabeza y grito «¡SEEEEEGGGGGWAAAAAY!».

—¿Por qué?

—¿Cómo que «por qué»? Estoy frustrado.

—¿Frustrado porque no nos abrazamos?

—Nunca nos abrazamos.

—¿Pero «se sugiere»?

—¡No! ¡Deja de hablar de abrazos!

—Entonces, ¿qué hacemos cuando acabas de gritar?

—Nada. Ahí acaba el guión.

—¿Solo has escrito eso?

—¡Prueba tú a escribir una obra de teatro en una noche! ¡Contenta tendrías que estar de lo agudo e ingenioso que es nuestro diálogo!

—Pero si solo tengo una línea...

—Por eso no te preocupes —le digo—. Pondremos alguna morcilla.

—¡Mmm! ¡Me encanta la morcilla!

—¡No! Quiere decir que improvisaremos. Diremos lo primero que se nos ocurra.

—¡Te adoro!

—¿Qué?

—Es lo primero que se me ha ocurrido.

—En la obra, Molly Moskins. Improvisaremos en la obra. Y no vuelvas a decir eso. Puedes decir todo lo que quieras menos eso.

—Vale. Err... ¡Mira, tu madre! —grita Molly excitada.

—En la obra no sale ninguna madre.

—No. Viene por ahí.

Y entonces la veo. Caminando hacia nosotros.

—¡Hola, señora De Sastre! —saluda Molly.

—Tú debes de ser Molly —dice mi madre.

—¡Mamá! —grito—. Pero ¿qué haces aquí?

—Me dijiste a la una —contesta.

—Dije a las dos.

—Dijiste a la una.

Mi madre saca las entradas que hice en la copistería.

¡Maldito gazapo! No confiéis nunca en vuestro socio ártico para que os corrija algo.

—Vale, bueno, pero las obras nunca empiezan a su hora —le digo—. ¿No ves que aún no ha llegado nadie? Es de mala educación.

—Bueno, tranquilo, me sentaré a esperar. ¿Dónde están las sillas?

Las sillas. Sabía que olvidaba algo.

—Las placas que cayeron del techo las aplastaron —le digo—. Tendrás que estar de pie. Ahora deja un poco de espacio a los actores.

Mi madre me mira extrañada.

Entro corriendo con Molly en la casa.

—Déjame tu teléfono —le digo—, ¡corre!

Me tiende el teléfono y llamo a Rollo.

—Ven inmediatamente —le digo—. Mi madre se ha presentado una hora antes.

—Dijiste a las dos —contesta Rollo.

—Ya sé lo que dije. Tú ven ahora mismo. Y dile a todo el mundo que también venga.

—No ha querido venir nadie más. Solo yo.

—Te he dicho que se lo digas a todos los de la clase excepto Ya Sabes Quién.

—Y lo he hecho. Y me han dicho que no. ¿Quieres que le pregunte a Ya Sabes Quién?

—¿Estás loco? —grito—. Venga, al menos ven tú. Mi madre tiene que ver que hay alguien más de público.

—No puedo venir hasta las dos.

—¿Por qué?

—Estoy estudiando con mi tutora.

—¿Perfidina está contigo?

—No me grites. Si no la hubieras liado con los exámenes de grupo, nada de esto pasaría.

Intento responder, pero no puedo. Mi voz queda ahogada bajo un rugido atronador. Miro por la ventana. Y veo una cara conocida.

Al menos hay alguien en quien se puede confiar. Desde la ventana de la cocina de Molly veo cómo Flo se dirige a grandes zancadas hacia el patio trasero. Mi madre también lo ve. Y, dejándose engañar por las apariencias, se aleja todo lo que puede de Flo el Bibiotecario.

Vuelvo al teléfono.

—Escucha, Rollo Tookus: o te presentas aquí ahora mismo o encontraré la manera de entrar en todos los exámenes que hagas en grupo.

—No te atreverás.

—Sí me atreveré.

Rollo chilla. Me vuelvo hacia Molly.

—Vamos, tenemos que abrir el telón.

Salimos corriendo al patio y nos ponemos a ambos lado de la caja del Segway. Empiezo a caminar arriba y abajo. Aprovecho para mirar de reojo a mi madre. No parece contenta.

—«Vaya, vaya —digo, ya metido en el papel—. Sin duda me encantaría comprar ese Segway».

Molly no dice nada.

—«Digo... sin duda me encantaría comprar ese Segway».

Molly sigue callada.

—«DIGO... ¡SIN DUDA ME ENCANTARÍA COMPRAR ESE SEGWAY!» —grito.

Molly solo sonríe.

—Di tu frase, Molly —susurro.

—¿Qué frase? —responde susurrando.

—La que hemos ensayado —le digo.

Parece confundida. Como mi madre.

—¡La que hemos ensayado! —repito apretando los dientes.

Las pupilas desparejadas se le dilatan.

—¡TE ADORO, TIMMY DE SASTRE! —grita, envolviéndome en un abrazo. Que hace que nos caigamos los dos en la hierba.

—¿Qué haces? —chillo horrorizado.

—¡Una salchicha! —grita—. Tal como me has dicho.

—¡Suéltame! —grito mientras rodamos por la hierba.

Pero no me suelta. Y seguimos rodando colina abajo hasta la entrada del garaje. Donde chocamos con los pies de alguien redondo.

Es Rollo Tookus. Y, tras él, el Centro del Mal en el Universo.

—¿QUÉ ESTÁ HACIENDO AQUÍ? —grito.

—Quería ver la obra —dice Rollo.

—¡Pues llévatela! No puede ver esta...

—Timmy —interrumpe Rollo—, solamente quiere...

—¡No me importa lo que quiera! —grito—. ¡No puede...!

—Tranquilo, Rollo —interrumpe la Malvada—. Tengo que irme igualmente y...

—¡AAAAAAAAAAAAH! —grita una mujer.

Es mi madre. Escapándose de los aspersores automáticos de los Moskins. Que se han puesto en marcha por todo el césped.

—¡Páralos! —le grito a Molly, que sigue sobre mí.

—No sé cómo—dice—, son aspertomáticos.

—¡Pues tenemos que sacar la caja! —grito—. ¡Se va a mojar todo el cartón!

Intento levantarme, pero Molly se aferra a mis piernas. Me arrastro y la arrastro entre los chorros de agua hasta llegar a la caja.

Pero antes de que la alcancemos, la caja hace algo inesperado.

Avanza hacia nosotros.

—¡GRRRRRRRR! —ruge la caja.

Es mi socio.

Que, sin que nadie lo supiera, estaba durmiendo bajo la caja del Segway. Y ahora piensa compensar la invasión frustrada del banco intimidando a todo el mundo.

Pero no puede. Porque ahora mismo es una caja con patas. Y así no intimida a nadie.

Bueno, sí, a Monsieur Gofre.

Quien, al ver la caja andante, sale de un salto de mi termo y se pega a la cara de Rollo Tookus.

A Rollo le entra el pánico y se arranca el Gofre volador de la cara. Pero la gata lo persigue. Y Rollo sale corriendo gritando, se mete en el cobertizo y cierra de golpe la puerta de madera.

Lo que hace caer el pestillo de fuera y lo deja encerrado.

Rollo chilla pidiéndome auxilio. Pero no tengo tiempo. Porque, al volver la cabeza para evitar un chorro de agua del aspersor, veo a mi madre. Yéndose.

—¡Mamáaaaaa! —grito.

Pero no me puedo mover. Porque Molly Moskins tiene las dos manos adheridas a mi tobillo.

—¡SUÉLTAME, BURRA! —le grito a Molly.

Pero mientras lo digo, me da el tic en el ojo izquierdo. Y Molly Moskins se cree que se lo he guiñado.

—¡TÚ TAMBIÉN ME QUIERES! —grita mientras me vuelve a tumbar contra el suelo.

Asfixiado por los besos, apenas oigo el ruido del motor del coche de mi madre que se aleja. Ruido pronto ahogado por los gritos de Rollo.

—¡NO QUIERO PASAR LA NOCHE AQUÍII!

Distraída por el grito, Molly se vuelve hacia Rollo. Me libero de sus brazos y salgo corriendo. Pero el resto es una nebulosa mojada.

Porque, según me cuentan, a la vez que yo me levantaba, mi socio perdió el equilibrio. Y cayó sobre mi cabeza.

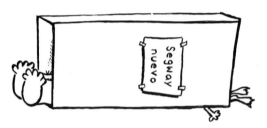

También me cuentan que la misma persona que me rescató abrió la puerta de la prisión cobertizo de Rollo. Y le dio un susto de muerte.

Porque Rollo, al no ser un usuario habitual de la biblioteca del barrio, no tenía ni idea de quién era su rescatador.

CAPÍTULO 43

Traca final

Siempre había creído que para hacerme caer haría falta como mínimo algo así:

Pero no. Bastó con una escena así:

Esta es mi madre. A quien me vi obligado a confesarlo todo al terminar la obra.

Confesar que había estado utilizando el Segway.

Confesar que lo dejé aparcado delante de la casa de los Hodges.

Confesar que lo habían robado. Y cuando acabé no se enfadó. Permaneció callada. Y con las madres, eso siempre es la peor forma de enfado.

Si hubiera sido solo el Segway, quizá podría haber sobrevivido. Pero no. Porque cuando llegó a casa aquel día y abrió el buzón, encontró esto:

> Apreciada Sra. De Sastre:
> Lamentamos informarle de que recientemente su hijo Timmy sacó un cero en su examen de historia. Es su segundo cero seguido en un examen.
> Dadas las malas notas tanto de estos exámenes como de los anteriores, no tendremos más remedio que hacerle repetir su curso actual.
>
> Alexander Scrumshaw
> Director

Y eso no lo pude superar. Con una calma mortal, mi madre dictó sentencia: no habría más investigaciones. No habría más casos. No habría más De Sastre & Total.

Pero eso no fue lo peor.

Lo peor fue esto:

No habría más Total.

Total

Sí, amigos. Para ella, mi oso polar era una extensión de la agencia. Y todo ser animado o inanimado relacionado con la agencia tenía que desaparecer. Podría llenar páginas enteras con los argumentos que le di para quedarme con Total. Pero no vale la pena. Ninguno funcionó. Ni un poquito. Así que llamé al único lugar cercano donde sabía que recogían osos polares.

Y aceptaron recogerlo.

Ya solo faltaba despedirse.

CAPÍTULO 44

(Sin título)

CAPÍTULO 45

Crocus del Caribe: en el fin del mundo

Mi destrucción no fue la única. Crocus también se derrumbó.

Me extrañó ver que tenía nombre de pila. La mayoría de profes no lo tienen.

Está mal que el sistema educativo lo haya dejado tirado.

Pero son cosas que pasan.

Ahora está condenado al Caribe.

Sin mí.

Es cierto que yo era un desafío. Un obstáculo. Pero los ancianos necesitan retos.

Ahora solo tiene sol y playa.

Me imagino lo triste que debe de ser levantarse por la mañana y darse cuenta de que no estoy.

Si no lo creéis, basta con que miréis la foto publicada en el periódico de la escuela.

Ya se ve lo desgraciado que se siente.

CAPÍTULO 46

Divagando contra corriente

Nota del autor: a continuación reproduzco un fragmento de la correspondencia mantenida con mi socio. Lo incluyo aquí como testimonio histórico de nuestro tiempo de reclusión, así como también para protegerlo de las manchas de babas y comida que resultarían si permaneciera en posesión de mi socio.

Para: Total
        Recinto de osos polares
        Zoológico Municipal

Apreciado socio:

Ya ves cómo estamos. Los dos encarcelados,

Tu jaula

Mi jaula

Cuánto durará esto, no lo sé.

Lo único que sé es que me encadenan a estos
libros de texto desde el momento en que
llego a casa hasta el momento en que me voy
a la cama...
        una
    (con ~~la~~ pausa para cenar con la
            celadora).

Yo →   ← Celadora

Y no sé de qué van estos libros, pero parecen especialmente pensados para mandar tu atención a otra parte.

Como ~~hoy.~~ hoy.

Estoy sentado leyendo algo sobre algo cuando me fijo en las vetas de la madera de mi escritorio. Antes de darme cuenta, me veo a mí en pequeñito corriendo por ellas como por un laberinto.

¡Ánimo, yo, ánimo!

Y así se va una hora.

Me pongo otra vez a leer. Pero oigo un perro.

← Perro

Que me hace pensar en coches.

← Coches

Que rima con botes.

← Botes

Que tienen mayonesa dentro.

← Mayonesa

Y ya me ves comiéndome un bocadillo de chóped y mayonesa.

Y ya han pasado dos horas.

Me pongo otra vez a estudiar.

Pero me aprietan los calzoncillos.

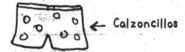

← Calzoncillos

Y me los tengo que cambiar.

Busco en un cajón.

Y encuentro una linterna.

Que todavía funciona.

Así que hago esto.

Y pasan <u>cuatro</u> horas.

Hasta que viene la celadora.

Y salto corriendo al escritorio.

Y digo que todo va bien.

Y miro el libro.

Y me fijo
      en las vetas
         de la madera.

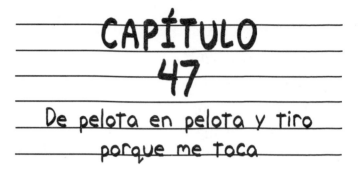

CAPÍTULO 47

De pelota en pelota y tiro porque me toca

—Solo quiero saber por qué se murió mi hámster.

Es Max Hodges.

Y me está molestando durante la hora del recreo.

—No te lo puedo decir —le digo.

—¿Por qué no?

—Porque la iniciativa investigadora ha sido cancelada por fuerzas externas.

—No entiendo lo que dices —responde.

—No lo puedo decir más fácil. Siento que no entiendas lo que digo.

—Vale, bueno. Pero ya sé lo de tu obra de teatro —dice sonriendo.

—Ya veo —le digo con tono civilizado—. ¿Te han dicho también que fue saboteada por un exsocio redondo y su malvada tutora?

Niega con la cabeza.

—Me han dicho que te caíste y te golpeaste la cabeza con un aspersor —dice.

—¡Falacias! —grito, poniéndome en pie.

Max Hodges se rasca la cabeza.

—Eso tampoco lo entiendo —dice.

—Significa que tengo tras de mí a una renegada empeñada en mi destrucción. Y está perpetrando embustes desmedidos.

Max Hodges pone cara de no entender.

Cuando me dispongo a irme y a dejar atrás a este cenutrio, me agarra el brazo.

—Mira, De Sastre, solo quiero que me digas una cosa. Vale que no me expliques cómo murió, pero dime al menos si lo sabes o no.

—Soy Timmy De Sastre —declaro—. ¿Tú qué crees?

—Ahora mismo creo que estás pirado.

Antes de que pueda contestar, recibo un pe-
lotazo en la cara.

Recojo la pelota. Y la tiro a la calle.

—Siento lo del balón, Timmy. Pero no debías haberlo lanzado al tráfico.

Es el profesor nuevo. No sé cómo se llama. Por eso yo lo llamo:

El Nuevo

—Deberías probar a jugar a pelota con tus compañeros y conmigo —dice El Nuevo—. Es divertido.

Miro cómo trepa la valla para ir a buscar la pelota.

—No, gracias —contesto.

—¿Por qué no? —insiste.

—Porque no eres más que una sombra del hombre que era Frederick Crocus. Y lo echo mucho de menos.

—¡Venga, hombre! —dice—. Dame una oportunidad. Me lanza la pelota.

Y me da en toda la cara.

¡PATAF!

—¡Me has vuelto a dar en la cara! —grito.

—Lo siento —dice—. Si quieres, te enseño a recoger balones. —Gracias a Dios, su lección se ve interrumpida por el timbre que llama a clase.

—Bien —le digo—. Ahora ya puede proceder a destruir el interior de mi cabeza igual que acaba de destruir el exterior.

Se ríe y se va.

Noto la mano de una mujer sobre el hombro.

—Sé amable —dice Dondi Sweetwater—. El señor Jenkins es un buen hombre.

—No ahora —le digo a la vigilante—. Me han saboteado el descanso para el almuerzo.

—Ya lo he visto —dice, mientras recoge del suelo la malvada pelota—. ¿Podrías dejarla en el cobertizo cuando vayas hacia la clase?

—Vale —contesto—. Pero dámela con cuidado. No quiero más rebotes de cabeza.

Me pasa la pelota.

—¡Ah! Llévate también esto —me dice en voz baja.

Me ofrece dos galletitas de arroz.

—Para el grandullón —susurra.

CAPÍTULO 48

¡Vaya valla... aquí no hay playa!

—Lo utilizó para hacer un paquete —le digo a mi socio.

—¡Un pa-que-te!

Es sábado. El único día de la semana en el que me dejan visitar a Total.

—Quería enviar unas estúpidas puntuaciones de bolos a las oficinas de no sé qué liga. ¿Te puedes creer que esos idiotas tienen hasta una liga propia? Bueno, el caso es que el muy burro no quería que las tarjetas llegaran dobladas. ¡Ni que fueran secretos de estado! Así que su reducido cerebro piensa «Mmm... ¿dónde podría encontrar un trozo de cartón para rigidizar el paquete?». ¿Y qué crees que hace? Lo descuelga de la pared. ¡Y lo envía por correo!

Supongo que debería echar atrás en el tiempo. El burro del que hablo es esta cosa:

Y el trozo de cartón del que hablo es esta cosa:

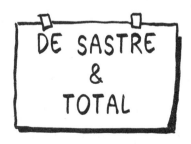

El cartel de nuestra compañía. Nuestra respetada marca. Tirada ahora sobre alguna pila de basura de Boleralandia.

Boleralandia

—Y aún hay más. El tipo va y lo explica todo cuando ya está hecho. ¿Sabes qué me dijo? Me dijo «Oye, ¿necesitabas aquello que había en el pasillo?». Y yo contesté: «Sí, lo necesitaba». Y él me dijo: «Vaya, pues ya no está». ¡Y nada más! Ninguna disculpa, ning...

Miro a mi socio al otro lado de la verja.

—¿Me estás escuchando?

Total está absorto mirando a Staci, la osa polar con la que comparte el recinto. Pero a ella solo le gusta su balón de playa.

—¡Préstame atención! —le grito—. Tenemos que hacer algo. Tenemos que parar la amenaza.

Total se acerca a la osa. Pero ella gruñe. Entonces él se tumba y se hace el muerto.

—¡Olvida a la mujer! —le grito—. Concéntrate en la empresa. Necesitamos un plan.

—Escucha —le digo—. Sé que ahora mismo las cosas pintan mal. Pero tienes que mantener el ánimo. Todas las empresas pasan momentos como este.

Total pestañea.

—Vale, muy bien —le digo—. Mira, te lo guardaba para el final para alegrarte un poco, pero te lo diré ahora. —Hago una pausa con efecto—. Adivina qué hay dos jaulas a la izquierda.

Bosteza.

—¡Focas! —grito—. ¡Focas sabrosas!

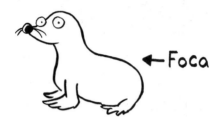

←Foca

Me encaramo a la valla y señalo frenética-mente hacia la izquierda.

—¡Te las puedes comer! Son tontas y gordas. Como en los cuentos.

Pero Total no dice nada. Así que dejo de gritar.

—Pues muy bien —le digo—. Al menos esto sí que te gustará.

Saco las dos galletitas de arroz que me dio Dondi y las tiro al interior del recinto. Total las huele. Se pone alerta y en pie para ir a por ellas. Pero no llega.

Llega alguien más rápido que él. Parece que a Staci le gusta algo más que los balones.

CAPÍTULO 49

Si miras, no conduzcas

Estoy conduciendo un Cadillac.

Bueno, no exactamente.

Estoy manejando el volante mientras el pavo bolero le da a los pedales.

—Preferiría que no hicierais eso —dice mi madre desde el asiento de atrás—. Timmy se distrae con todo.

—Pero si no pasa nada —dice—. ¿No ves que estoy yo aquí?

—¡Halaaa! ¿Qué es eso? —grito, mientras me doy la vuelta con todo el cuerpo para señalar la escultura de jardín más fea del mundo.

El coche vira bruscamente hacia el bordillo. El pavo bolero me arranca el volante de las manos.

—¿Lo ves? —grita mi madre—. ¡Un poco más y atropella a aquel viejecito!

—¿Tú de qué vas? —me grita el pavo bolero.

Yo no voy de nada. Es aquella escultura de jardín la que es un atentado contra la naturaleza. Pero el caso es que me resulta extrañamente familiar.

La escultura

Los aficionados a las interpretaciones generosas dirán que es una diosa saliendo del mar. O Adán tocando la mano de Dios.

Yo creo que es un mono lanzando un pollo.

¿Por qué iba a querer nadie esculpir a un mono lanzando un pollo? Las razones se me escapan. Tal vez para promocionar a los monos. O para denigrar a los pollos. En cualquier caso, casi mata a un hombre.

El pavo bolero conduce el coche en lo que queda de calle y hasta un pequeño parque que hay sobre una colina.

Baja del coche y traslada una gran nevera portátil hasta una mesa de picnic.

La mesa ya está ocupada por sus compañeros de bolos, cuyos orondos traseros doblan el banco sobre el que están sentados.

Odio estos encuentros de bolos de los sábados. Con el poco tiempo que tengo fuera de mi encierro, me lo hacen perder así.

Mi madre también los odia.

Por eso casi siempre me hace jugar con ella al disco volador.

Que no me gusta.

CAPÍTULO 50

Un sistema de educación en declive

En mi clase están estudiando la fotosíntesis. Trabajan duro.

Yo estoy sentado en la última fila intentando construir la mayor torre de gomas de borrar de todos los tiempos.

—Timmy, ¿podrías venir un momento?

Es la alegre voz de El Nuevo. Y llega fácilmente hasta mi pupitre en la última fila. La última fila es donde me siento desde que El Nuevo dijo que podíamos sentarnos donde quisiéramos. La mejor para esconder mis torres de gomas.

Cuando paso por al lado de Rollo, que ahora se sienta delante, lo fulmino con la mirada. No nos hablamos desde que me saboteó la vida personal y profesional.

—¿Tienes un segundo? —me pregunta El Nuevo cuando llego ante su enorme mesa.

—Casi que no. Mi madre me ha encadenado a mis libros.

—Bueno, no parece que estés trabajando mucho en estos momentos —dice, señalando mi torre de gomas de borrar.

—Estoy demostrando el efecto de su fotosíntesis en las torres de gomas —le digo—. Las apariencias engañan.

—Mira —me dice, bajando la voz—, no se lo he dicho al resto de la clase, pero hay partes de esta historia de la fotosíntesis que son imposibles de averiguar.

No me sorprende oírle decir eso. Es un cenutrio.

—¿Y eso debería importarme a mí? —contesto.

—Supongo que no —dice.

—Entonces, ¿puedo regresar a mis experimentos de fotosíntesis? —pregunto.

—Enseguida —dice—. Pero antes quiero preguntarte algo.

Mira alrededor para asegurarse de que nadie lo oye.

—Tu amigo Rollo dice que la gente te paga para que averigües cosas. ¿Es verdad?

—¿Rollo?

—Sí, tu amigo Rollo.

← ROLLO

estánfor

—¿Se refiere al chico redondo de la primera fila? —pregunto.

—Sí, supongo —responde, sin saber cómo contestar sin insultar al chico redondo de la primera fila.

—Pues no soy amigo del chico redondo. Pero sí, es cierto que tengo una empresa de detectives que está a punto de entrar en la lista Fortune 500. Aunque en estos momentos está clausurada a instancias de mi entrometida madre.

—Entiendo.

—Esta institución tiene gran parte de culpa —le recuerdo.

—Bueno, ¿crees que, si hablo con ella y ella lo aprueba, podrías llevar una pequeña investigación para mí?

—Vale —le digo—. Esta tarde antes de salir deme una lista de los temas que quiere que investigue. Pero ha de saber que, si mi madre niega el permiso oportuno, tendrá que ser una transacción en metálico. No puedo arriesgarme a dejar pistas en la cuenta del banco.

—Tranquilo —dice—. Primero obtendré su permiso.

De regreso a mi asiento, me quedo mirando el mar de rostros esperando ser educados, sin saber lo poco que lo serán con este charlatán.

Pero es su problema. Y los negocios son los negocios.

Y en este mundo de monos que lanzan pollos, el último que apague la luz.

CAPÍTULO 51

Yo solo sé que él no sabe nada

Para: Total
    Recinto de osos polares

Menos mal que mi grandeza innata me
fue concedida acompañada de humildad.
De lo contrario, me tentaría
fanfarronear. Sin embargo,
solo diré esto:
    Esta semana he salvado el sistema
    nacional de educación. Enterito.
Pero no tengo tiempo de hablar de
ello.
Baste con decir que tenemos un profe
nuevo.
Es un cenutrio.

← Cenutrio

En consecuencia, tengo que averiguárselo todo.'

Hasta ahora, ya he desvelado los misterios de la Revolución Francesa, las fracciones y la fotosíntesis.

Luego se los he explicado todos a él en términos que su minicerebro pudiera comprender.

Y escucha esto:

Todos son casos de pago.

Bueno, se supone que lo son.

Todavía no me ha pagado.

Pero aquí viene lo importante:
Mi madre, hipócrita ella, ha dado su
visto bueno a estas transacciones.
Sí, amigo. Parece que la celadora
por fin ha reconocido lo insensato
que fue clausurar un imperio
financiero.
Pero no tengo tiempo de hablarlo.
Tengo que resolver el misterio de
las conjunciones.

Un apunte personal: controla tu
obsesión con la osa polar Staci. En
tu lucha por su afecto, te ha
ganado un balón de playa.

 ← Balón de playa

Ahora mejor concéntrate en el
resurgimiento de la empresa.
Una empresa que tal vez te necesitará
pronto.
Para llevar a cabo una tarea desagradable.

CAPÍTULO
52
Los chicos también leen

Me despiertan los gritos de una mujer.

Es la segunda vez esta semana que me despiertan los gritos de una mujer.

Mi madre me enseña mi trabajo sobre la Revolución Francesa. Encima de todo alguien ha escrito «Notable».

—¡Es increíble! —grita mi madre—. ¡Es un notable! ¡Tu profesor nuevo te ha puesto un notable!

—Las deficiencias de nuestro sistema educativo no son motivo de celebración —le digo—. Ese imbécil tiene la suerte de contar conmigo. ¿Puedo volver a dormir?

—Pero eso no es lo mejor, Timmy. El señor Jenkins ha puesto una nota que dice que estás mejorando en casi todas las materias. Seguro que, si sigues así, reconsiderarán lo de hacerte repetir.

Bostezo.

—Claro que no hay ninguna garantía. Supongo que tendrías que seguir sacando estas notas. Pero ¿ves cómo ha servido? Tanto estudiar ¡sí que ha servido!

—Hago investigaciones, madre —le recuerdo—. Y es para la empresa. Una empresa que tú hundiste.

—Me da igual lo que digas. Tenemos que celebrarlo. Salgamos a comer todos juntos. Donde tú digas. ¿Te gustaría?

—Me gustaría dormir más. Es sábado.

—Son casi las doce. ¡Vamos, te lo pasarás bien!

Me incorporo en la cama.

—Lo que yo quisiera es... —me callo y no acabo la frase.

—¿Qué? —pregunta—. Dilo.

—Lo que yo quisiera es que me devolvieras la empresa.

Se sienta junto a mí en el sofá cama.

—Lo sé —dice.

—El único cliente que me has permitido es un holgazán moroso —le digo—. ¿Quién puede llevar un negocio en estas condiciones?

Me rodea con el brazo.

—Bueno, no prometo nada, ¿vale? ¿Por qué no lo hablamos en la comida?

—Vale. ¿Con un almuerzo teleconferencia?

—Sí. Un almuerzo teleconferencia. Ahora sal de la cama.

Pliego la cama en el sofá y voy a la cocina. Me recibe un pavo bolero.

—He oído que nos vamos de comilona, chaval —dice desde detrás del periódico.

—Después podemos ir al parque a ver a mis amigos de bolos —dice—. ¿Qué te parece el plan?

Evoco aquellos gloriosos sábados.

—Dadme quince minutos para encerar el coche —dice mientras se levanta de la mesa—, y ya nos podemos ir. ¿Quieres el diario?

Me tiende el periódico.

—No —le digo.

—No, gracias —me corrige.

Y me lo deja delante.

Lo miro mientras va hacia la puerta, acompañado del roce de las perneras de su pantalón de poliéster. Da un portazo. Y lo veo. La noticia más escalofriante que he leído en un periódico.

¿Que por qué es escalofriante? Esta es la familiar.

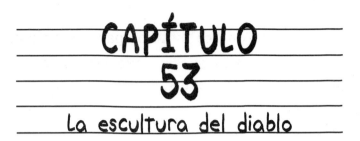

CAPÍTULO 53

La escultura del diablo

De pronto lo entiendo todo.

Primero queda con su padre para que haga una donación económica al zoo.

Luego queda con los del zoo para que cambien el nombre del recinto de los osos polares.

Luego se queda con mi oso polar.

Todo está tan claro como el Cadillac del pavo bolero. La misma persona que me robó el Desastremóvil va a robarme ahora el socio.

Salgo corriendo del piso y me encuentro con el pavo bolero.

—¡Quiero ir a vuestro estúpido picnic ahora mismo! —grito.

—¿Qué? —dice el pavo bolero, que está puliendo el adorado guardabarros de su coche.

—Eso del picnic. En el parque. Me encanta. Vamos ahora mismo.

Mi madre aparece junto a él.

—¿No quieres ir a un restaurante? —pregunta.

—¡No! ¡Picnic! ¡Picnic! ¡Me encanta el picnic!

Se queda callada.

—Vale —dice—, iré a por el bolso.

—Se aleja mirándome fijamente con la ceja levantada. Regresa con el bolso. El pavo bolero le abre la puerta del copiloto.

—¡No, no! ¡Ella no! ¡Yo! —digo, adelantando a mi madre—. Quiero sentarme delante.

—¡Pero bueno! ¡Serás maleducad...!

El pavo bolero empieza a gritarme. Mi madre le hace callar.

—Es su día —dice.

—Bueno —contesta el pavo bolero—, pero ya no te dejaré conducir, chaval, si era eso lo que querías.

—Lo sé —le digo—. Solo quiero sentarme delante. Me encanta cuando está tan limpio.

Se me queda mirando un momento, y arroja el trapo al maletero.

—De acuerdo —dice—, sube.

El coche arranca. En un semáforo en rojo, lo pone en punto muerto y revoluciona el motor.

—Sí, le encanta que lo enceren —dice, refiriéndose al coche inanimado—. ¡Escúchalo!

Me quedo mirando cómo pisa el acelerador.

Pone la primera y las ruedas del Cadillac arañan el asfalto. El asfalto de una calle distinta a la que cogimos la última vez.

—¡Por aquí no se va al parque! —grito—. Ves por donde fuimos la otra vez.

—¿Y qué más da? —dice el pavo bolero.

—¡Es mi celebración! —le contesto.

Se vuelve a mirar a mi madre.

—Sí, claro, lo es —dice con tono de disculpa.

—Vale —dice el pavo bolero—. ¿Por dónde fuimos la otra vez?

Le indico el camino. Sigue mis instrucciones. Y, a una manzana del parque, la veo.

—¡Para aquí! —grito.

—¿Y ahora qué? —grita él.

—La casa con la escultura —grito—. ¡Es esa!

—¡Otra vez no, por favor! —dice mi madre desde el asiento de atrás.

—¿Qué rayos te pasa con esa tontería? —dice el pavo bolero—. ¡Supéralo ya, hombre!

—Es muy fea —digo mientras la miro fijamente—. Estropea la visión del conjunto de la casa.

—Estás pirado —dice el pavo bolero.

En el retrovisor veo a mi madre fruncir el entrecejo. No estoy seguro de a quién.

Seguimos colina arriba hasta el parque.

—No aparques aquí —le digo—. Aparca allí.

Le señalo el lugar al otro lado de la calle donde aparcamos la última vez.

—¿Sabes que te estás pasando un poco, chaval? —dice.

—Solo quiero hacerlo todo tal y como lo hacemos siempre —le digo.

El pavo bolero respira hondo y aparca de un golpe de volante al otro lado de la calle.

—Todo el mundo tiene que llevar algo —dice mientras abre el maletero.

Coge una nevera y un pack de seis gaseosas y le pasa a mi madre una silla plegable. Baja la puerta del maletero y cierra el coche.

—Tú lleva esto —me dice mi madre tendiéndome la gaseosa.

—Puedo llevar más —les digo a mi madre y al pavo bolero—. Dame las llaves y haré un par de viajes más.

El pavo bolero se me queda mirando.

—Es lo menos que puedo hacer después de dar la lata todo el viaje —digo.

—Bueno —dice mientras me lanza las llaves. Pero no apoyes nada en el maletero, podrías rayarlo.

Espero hasta que hayan pasado la puerta del parque y se hayan perdido de vista.

Y tiro las latas de gaseosa al suelo.

Dejando atrás el silbido del gas que se escapa de las latas, salgo corriendo hacia la casa que hay al pie de la colina.

Me paro al borde de su jardín de entrada.

Y saco del bolsillo trasero el cuaderno de detective de la Malvada.

Y voy hasta la última página.

Y allí está.

El boceto de la obra de arte que hizo para las puertas abiertas de nuestra escuela.

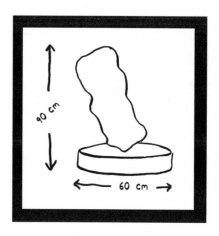

La misma que está ahora en su jardín de entrada.

La he encontrado. La fortaleza. La ciudadela. El hogar de la persona que no se quedará con mi oso polar.

Subo corriendo la colina de regreso al Cadillac. Temblando, abro la puerta del coche y salto al asiento del conductor. Intento recordar todo lo que he visto hacer al pavo bolero por el camino.

Primer paso, arrancar. Busco entre las llaves del llavero. Encuentro la que es. La meto. Y la giro.

El motor se despierta rugiendo.

Segundo paso, el pedal del acelerador. Estiro la pierna lo máximo que puedo y lo piso.

El motor se revoluciona como en el semáforo en rojo. Pero hace un ruido más grave y más fuerte.

Aparcado a este lado de la calle, puedo mirar a través del volante y veo justo la casa maldita que yace al pie de la colina.

Me bastará con poner la primera y dar un poco de gas.

Vuelvo a revolucionar el motor.

Me embelesa su rugido.

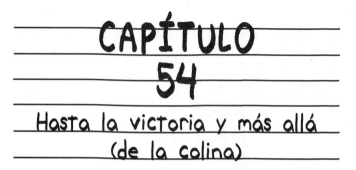

CAPÍTULO 54

Hasta la victoria y más allá (de la colina)

Pero no actúo. No puedo. Soy solo la mitad de un equipo. Un hombre sin refuerzos. Un hombre sin esbirros. Tengo que recuperar a Total.

←—Total

Podría ir con el coche. Pero no. No me puedo arriesgar. Bajar la colina recto, vale, pero ¿atravesar la ciudad para ir al zoo? Imposible.

Salto del coche y empiezo a correr hacia el zoo. Pero me detengo al final de la manzana. No funcionará. Ese oso está atrapado tras un foso de seis metros. Y él no puede saltar seis metros. Por no poder, no puede saltar ni una lata de judías.

Lata de judías

Entonces me doy cuenta.

No la lata de judías. Algo mejor.

Me vuelvo sobre mis talones y empiezo a correr hacia la escuela.

En la que me encuentro con los partidos de fútbol del sábado.

Atravieso tres partidos hasta que encuentro el que busco. Salto hasta la mujer que está en mitad del campo.

—¿Qué haces? —pregunta Dondi Sweetwater—. Estoy arbitrando un partido.

—¡Necesito la mercancía! —le digo.

—¿La qué? —grita Dondi.

Me pasa rozando un niño regateando el balón.

—¡La mercancía! —repito.

—¡Ah! —dice, mientras se agacha para esquivar una pelota—. ¿Por qué la necesitas justo ahora?

—Eso no importa —le interrumpo—. ¡La necesito!

—Vale —dice, mientras un chico rebota contra su pierna—. Mira a ver en aquella nevera roja, hay una caja entera. Se las había traído hoy a los chicos, pero...

Ya no oigo el final de la frase. Porque me impacta en la cara un balón asesino.

Atontado pero consciente, me levanto de un salto y salgo corriendo del campo.

Encuentro la nevera roja. Y me llevo la mercancía.

Y salgo corriendo hacia el zoo.

Pero no tengo dinero para pagar la entrada. Me agacho al pasar por ventanilla y entro. Y corro hacia el recinto de mamíferos árticos. Allí, durmiendo en un rincón, está Total.

Rompo la caja de galletitas de arroz y saco un par. Las alzo con la mano todo lo que puedo.

Al otro lado del ancho foso, el hocico de Total se mueve. Se le abre el ojo derecho. Y luego el izquierdo.

Se levanta sobre las patas traseras y ruge.

Y cae hacia atrás empujado por la pata de Staci.

A la que aún le queda una mano libre para sostener el balón de playa.

Staci ruge para demostrar su interés por las galletas. Total se acobarda y se retira hasta la pared más lejana del recinto.

De manera que hago lo único que me queda por hacer. Alzar la caja entera todo lo que puedo sobre mi cabeza.

Total no había visto nunca tantas galletitas de arroz juntas.

Y sale disparado como una bala de cañón.

Surcando el suelo de piedra del recinto.

Surcando la piscina.

Surcando el flanco izquierdo de Staci, que deja caer el balón de playa cuando ve:

A Total saltando un foso de seis metros.

Sin darme tiempo a frenarlo, coge todas las galletas que puede con las dos patas delanteras y se las mete en la boca, con papel y todo.

—¡Ya te las comerás por el camino! —le grito—. Tenemos trabajo que hacer.

Salto a su lomo y lo hago correr hacia el parque, mientras le voy poniendo galletitas en la boca. Nunca lo había visto correr tan deprisa.

Pasamos por delante de casa de la Malvada. Subimos la colina del parque. Directos hasta el reluciente Cadillac.

Total se mete como puede en el asiento de atrás. Arranco el motor y lo revoluciono. Y pongo la primera.

El coche sale disparado colina abajo.

(Esto es por la CCIA.)

Pasamos los coches aparcados.

(Esto es por robarme los casos.)

Pasamos los parterres.

(Esto es por el Desastremóvil.)

Saltamos el bordillo.

(Esto es por Total.)

Y entramos por la ventana del salón.

En medio de una atronadora explosión de ladrillos, madera, metal y vidrio.

El coche decide descansar a los pies de la mesa de la sala.

El vapor sale silbando del radiador roto del Cadillac.

Cuando se disipa el humo de los cascotes, miro a través del parabrisas rajado en mil pedazos. Pero no veo a la Malvada.

Me vuelvo hacia Total.

—¿Seguro que esta es la casa? —le pregunto.

No dice nada.

Me vuelvo a mirar por el agujero de la pared y veo la escultura hecha añicos por la hierba.

—Esa es la escultura —digo—. Tiene que ser la casa.

Busco algún indicio de Perfidina. Pero no veo ninguno. Y entonces oigo una voz desde el asiento trasero.

—¿Por qué haces esto? —pregunta Total.

—¿Qué? —digo.

—¿Por qué haces esto? —vuelvo a oír.

—¿Por qué hago qué? —respondo.

—¿Por qué haces esto?

CAPÍTULO 55

Adivina quién viene a cenar

Es mi madre. Y está enfadada.

—¿Por qué haces esto? —grita.

Estoy sentado al volante del Cadillac. Está aparcado sobre la colina. Con el motor encendido. Pero no lo he llevado a ningún sitio.

—¿Para esto querías las llaves? —pregunta—. ¿Para revolucionar el motor?

Veo a Crispin acercarse corriendo desde la puerta del parque.

—¿Qué demon...? ¿Pero qué estás haciendo?

Alcanza la llave y apaga el motor.

—Solo quería volver a oír el sonido —le digo—. El que has hecho en el semáforo.

—¿Ves? —le grita mi madre—. ¡Ya lo has conseguido! ¡Tanto dejarle coger el volante! ¡Tanto presumir con tu estúpido coche!

—¿Que yo he conseguido qué? —le grita él—. ¡Eres tú quien lo mima!

—¿Que lo mimo?

—¡Sí, lo mimas! ¿Por qué te crees que sigue jugando a hacer ver que es lo que no es? ¡Yo al menos intento enseñarle a ser un hombre!

Arranca el motor. El coche se despierta con un rugido.

—¡Dale al motor, chaval! ¡Dale!

—¡Eres ridículo! —le grita mi madre—. ¡Eso no tiene nada que ver con ser un hombre!

Crispin abre la puerta del copiloto y se sienta a mi lado.

—¿Quieres oír el sonido que he hecho en el semáforo? —me pregunta.

—¡Apaga el motor, Crispin! —grita mi madre.

—¡Dale! Ponlo en punto muerto y revoluciona el motor. Tranquilo, que no irá a ninguna parte.

Lo pongo en punto muerto y revoluciono el motor.

—¡Para, Crispin! —grita mi madre.

—Ahora pon la primera, chaval, ¡vamos! Estoy pisando el freno, y los neumáticos chillarán. ¡Vamos, ahora!

—No quiero —le digo.

Me da el tic en el ojo izquierdo.

—¿Quieres ser un nenaza toda tu vida? —me grita—. ¡Pon la primera, que yo estoy frenando! ¡Pon la primera!

Mi madre corre para abrirme la puerta. Justo en el momento en que Crispin pone la primera.

Pero no echa el freno.

Porque se cae del coche por la puerta abierta.

—¡TIMMYYYYYY! —grita mi madre al ver rodar el coche colina abajo.

Crispin se levanta y se lanza a perseguirlo.

Demasiado tarde. El Cadillac coge velocidad en la bajada. Se dirige como un misil hacia el hogar de Corrina Corrina. Estiro la pierna todo lo que puedo para pisar el pedal del freno, pero me resbalo del asiento y caigo bajo el salpicadero. Me enrollo como una bola. Y me preparo para el impacto...

Lo que pasó luego no lo sé, porque lo único que recuerdo es despertarme en una nube de humo y oír el ruido de los adultos abriéndose paso por el agujero de la pared. Y ver a través del parabrisas rajado un sillón reclinable con funda de plástico y una persona sentada en él. Una persona que se disponía a cenar delante del televisor.

Y es entonces cuando tengo un momento de lucidez. Sobre Corrina Corrina. Y sobre cómo se trabaja a las personas en el poder. Y les da regalos. Como horribles esculturas artesanales para que las pongan en el jardín. Como la que le regaló a este tipo. Al tipo que tengo sentado delante de mí.

Recién llegado del Caribe.

CAPÍTULO 56

Sigue los bordillos amarillos

No tengo mucho que contaros sobre la comisaría. Excepto que fue la última vez que mi madre y yo vimos a este tipo:

EL PAVO
BOLERO ←

Pero no estaba así. Estaba así:

Le acusan de imprudencia temeraria con terceros o algo así. Los polis lo acribillaron a preguntas. El pobre chorbo se puso nervioso. No como yo. He visto ya tantas comisarías por dentro que podría recorrerlas con los ojos cerrados. Es parte del trabajo. Sabía que los azules insistirían en llamarme Detective De Sastre. Pero ya les dije:

Timmy, llamadme Timmy.

El comisario me pidió una breve declaración sobre el accidente. Se la di. Sin florituras. Sin histerias. Los hechos puros y duros. Sé muy bien cómo quieren las cosas esta gente.

Cuando acabé, eché un trago rápido de la leche con cacao que me dieron (sin el whisky, dijeron), y les pedí que no fueran demasiado duros con el pavo bolero. «El pobre tipo anda descaminado», les dije.

Después me ofrecieron una visita a la comisaría. No es que me apeteciera mucho, pero les seguí la corriente. Pasamos por delante del mostrador de información. Por delante de los calabozos. Por delante del cuarto del café de los polis. Estaba bien. Pero nada que contar a mi madre. Hasta que llegamos al patio de objetos incautados. Y entonces vi algo que contar a mi madre.

Lo reconocí por las rayas que le había hecho una vez que atropellé a Rollo.

—¿De dónde han sacado esto? —le pregunté al teniente que me guiaba en la visita.

Miró la etiqueta que colgaba del manillar.

—Aparcado en zona prohibida —dijo.

Recordé el bordillo de la acera de delante de los Hodges. Es verdad que era amarillo. Pero ningún poli con una mínima dignidad mandaría la grúa a por el vehículo de un detective.

—No puede ser —le dije al teniente—. Este vehículo fue robado. Robado y traído aquí. Probablemente por alguien de este tamaño —le dije señalando con la mano un metro veinte de altura.

—¿Un elfo? —preguntó riéndose.

← Elfo

—No es ningún chiste, teniente. Es una niña. De pelo negro. Con la ética de una mula.

—No sé nada de eso —dijo el teniente.

—¡Yo vi el vehículo! —le insistí—. En la parte de atrás de un banco. ¡Era contrabando!

El teniente negó con la cabeza.

—Chaval, no sé de qué hablas. Estos trastos se parecen mucho entre sí.

Y entró de nuevo en la comisaría.

—¡No lo entiende! —grité.

—Gracias por tu tiempo —dijo, cerrando tras él la puerta de atrás de la comisaría.

—¡Es una tapadera! —grité.

Pero ya se había ido.

CAPÍTULO 57

Por quién suena el timmyfono

—Yo solo le dije a tu madre que no había ninguna obra de teatro porque no sabía que estabas preparando una. Nunca me lo dijiste.

Es Charles *Rollo* Tookus. Está afuera, bajo la ventana de mi casa. Y estamos resolviendo asuntos pendientes.

—Y no llevé a mi tutora a la obra. Fue ella la que insistió —dice—. Además, ¿qué tienes que decir tú de todo lo que hiciste con los exámenes en grupo y de lo de la cámara de seguridad del banco y...?

—¡Para, para! ¡Para el carro! —le digo—. Lo del banco fue culpa tuya.

—Vale —responde—. Pero no lo del examen en grupo.

Deduzco que está pidiendo una disculpa. Así que se la doy.

—Lo siento, no volverá a ocurrir —le digo.

Rollo sonríe.

—¿Amigos? —dice.

—No nos pongamos blandos ahora —le digo—. ¡Sube! Te quiero enseñar mi nuevo...

Pero mi respuesta queda cortada en seco por el repiqueteo de balas certeras contra mi ventana. Me pongo a cubierto con unos reflejos rápidos como el rayo.

Al cesar los disparos, miro por la ventana.

Y veo a Molly Moskins.

Con las manos llenas de ositos de goma.

—¡Te traigo ositos de amor! —grita hacia la ventana.

—¡Déjame en paz, Molly Moskins! —grito—. Ya has aterrorizado bastante a esta ciudad.

—¡Pero tengo casos! —grita, mientras me lanza más ositos.

Uno me da en el ojo.

—¡Ayyy! ¡Mira lo que has hecho! ¡Me has dejado tuerto!

Tuerto

—¿Tuerto? —pregunta—. ¿Pero ves con el otro ojo? ¡Mira esto!

Se levanta las perneras del pantalón. Lleva los tobillos desnudos.

—¡Alguien me ha robado los calcetines! —grita.

Sin calcetines

—¡Alguien globalnacional! —añade.

Pero no me da tiempo responderle, porque llaman a la puerta de casa.

La abro. Es Rollo.

—¿Cómo tienes el ojo? —pregunta.

—No muy bien —le digo—. Me parece que me ha dañado la papila.

—Eso está en la lengua —dice.

—¡Qué sabrás tú! —le digo.

—¿Qué querías enseñarme? —pregunta.

—Sígueme —digo.

Mientras caminamos, oigo más ositos de goma rebotando contra el vidrio de la ventana.

—Mi madre ha sacado toda la ropa —le digo,

enseñándole el armario del dormitorio—. Dice que por ahora puedo usarlo. Pondrá sus cosas en otro sitio.

Es más pequeño que el último que tuviste —dice.

—Claro que es más pequeño, burro. Yo he querido que fuera más pequeño. Mi madre no me deja hacer tanto trabajo de detective como antes. Esta reestructuración sirve para que vea que hago caso.

—Ah —responde.

—Además —le digo—, sigo sin mi socio, con lo que la nómina se ve reducida a la mitad.

—Ah, sí, ya me olvidaba, por cierto —pregunta Rollo—. ¿Le devolviste a mi tutora su cuaderno de detective?

—Yo no —digo—, pero mi madre sí. Lo encontró en el asiento trasero del Cadillac y se lo devolvió al padre de Perfidina.

—¿Lo leíste?

—Claro que lo leí. Una pérdida de tiempo. Todo asuntos personales. Seguro que su padre se aburrió hasta llorar.

Rollo iba a preguntarme otra cosa, pero tuve que dejar de hablar con él.

Porque el timmyfono estaba sonando.

CAPÍTULO 58

Elemental, querido Gunnar

—Llegas tarde —dice Gunnar—. Te he llamado hace media hora.

No he podido evitarlo —le digo—. Causas ajenas al control de la empresa han impedido el uso del Desastremóvil.

—Sí —contesta riendo—, me han contado que se lo llevó la grúa y tu madre tuvo que pagar una buena multa para recuperarlo y...

—¡Lo robaron, idiota, lo robaron! Lo vi con mis propios ojos en la parte de atrás del cuartel general de la Malvada.

—Hay más de un Segway en el mundo.

—¿Para eso me has llamado? ¿Para hacerme perder el tiempo?

—Relájate, Timmy —dice—, solo quería saber qué pasó con mi caso. Nunca lo resolviste.

—¿Ah, no? —le digo disimulando.

—A ver —dice.

Procedo a exponerle todas las pruebas. Paso a paso. Con precisión de reloj. La habitación de su hermano Gabe. La calabaza vacía. El chocolate por toda la cara de Gabe. La coartada.

—¿Entonces fue Gabe? —pregunta cuando acabo.

Intento no reírme.

—Gunnar —digo—, ¿recuerdas todas las golosinas que me dijiste que faltaban?

—Creo que sí.

—Haz la lista —le digo.

Gunnar piensa.

—Vale, err... Cuatro barras de chocolate, siete regalices rojas, err... dos regalices negras, tres huevos sorpresa, una bolsa de nubes, cuatro dentaduras de gominola y treinta y...

Le interrumpo.

—Di esta parte bien despacio.

Se me queda mirando con esos ojos apagados de los aficionados.

—Treinta y cuatro ositos de goma —dice.

—Ajá —le digo.

—¿Ajá? —responde.

—Ajá —repito.

CAPÍTULO 59

Victoria total

—¿Estás listo? —grita mi madre desde su habitación.

Estaba leyendo el correo que hay sobre la mesa de la cocina.

—¿Y esto? —pregunto, alzando una postal.

¡Cómo me divierto!

—Vamos a llegar tarde —dice mi madre, entrando en la cocina—. Ya aplazamos esta reserva en el restaurante una vez. ¿Quieres celebrar las notas o no?

—Es de Crocus —le digo.

—Sí, lo sé —dice—. Le pagaron mucho dinero del seguro por lo de la casa. La vendió y se mudó.

Leo lo que pone en la postal.

—Desde luego, ¡qué inmaduro! —digo mientras dejo la postal sobre la mesa.

—Pero ¿estás listo o no? —dice mi madre—. Vamos a llegar...

La interrumpe el frenazo de un camión. Miro por la ventana de la cocina y veo un camión grande y anodino.

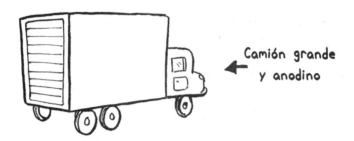

Camión grande y anodino

El conductor se apea y se dirige a nuestro edificio. Bajo a encontrarlo a mitad de camino.

—¿Eres Timmy De Sastre? —pregunta leyendo su resguardo.

—El mismo que viste y calza —respondo—. El propietario de De Sastre & Total. Supongo que tiene un caso.

—¿Un caso? —dice—. No tengo ningún caso.

Abre de un golpe la puerta enrollable del camión.

—Tengo un oso.

Total salta del interior del camión y se me tira encima. En una muestra de afecto, lametones y babas poco profesionales.

Yo también lo abrazo.

—El zoológico dice que no se porta muy bien con los demás. Parece que ha hecho algo que ha hecho enfadar mucho a algún otro oso.

Total vuelve corriendo al camión.

Y sale con algo que me quiere enseñar.

CAPÍTULO 60

Volver a empezar

Mi madre dijo que la comida era para celebrar las notas. Pero era un engaño. Verdaderamente, estábamos allí para celebrar la resurrección de De Sastre & Total. Porque yo había resuelto brillantemente todos mis casos.

¿Quién había echado mal de ojo a la casa de los Weber? Molly Moskins.

¿Quién había sustraído la carga de golosinas? Molly Moskins.

¿Quién había causado la muerte del hámster de los Hodges? Elemental, querido amigo. Los hámsteres son roedores. Los gatos matan a los roedores. ¿Y quién tiene un gato?

Cierto.

La Monsieur Gofre de Molly Moskins es una asesina.

Dicho esto, tampoco me apetece mucho hablar de la comida de celebración, porque todo salió un poco desastroso.

Para empezar, mi madre me obligó a invitar a Rollo. Una tontería, porque su nota media había bajado recientemente a 9,79 y la cabeza se le movía como el pitorro de una olla exprés.

También vino Total. Mi madre me dejó pedirle fletán. (Lo más parecido que había a las focas). Fue tirar el dinero, porque el muy guarro no se movió de la parte de atrás del restaurante.

Para colmo, vimos a Flo. Comiendo solo en la barra.

Yo no veía ningún problema, pero mi madre sí. Para ella seguía siendo «el tipo raro de la obra de teatro». Y tengo que admitir que impresionaba bastante. Sobre todo si tenemos en cuenta que estaba leyendo otro libro sobre cómo matar cosas.

Pero lo que destrozó por completo la celebración (y me hizo subir la presión arterial y apretar los puños) fueron las dos personas que vi sentadas en un rincón al fondo de la sala. Una era Ya Sabes Quién. Volveré a ponerle el cuadrito negro en la cabeza.

Y la otra era su padre.

Mi madre me dijo que estaban coloreando un menú infantil juntos. Yo eso no lo vi. Pero vi cómo sonreía y reía.

Lo cual solo podía significar una cosa...

Estaba planeando más maldades.

Stephan Pastis es el creador de la exitosa tira cómica *Pearls Before Swine*, que se ha publicado en más de seiscientos periódicos. Durante su niñez, se pasó muchas horas encerrado en su habitación, dibujando, y cuando se tomaba un descanso, coleccionaba cromos de béisbol, otro de sus pasatiempos favoritos. Sobre *De Sastre & Total*, el primer libro infantil que escribe e ilustra, Stephan dice: «Cuando era pequeño me encantaba reír. Y espero que este libro consiga esto, tanto con los niños como con sus padres. Yo solo quiero darles una historia que tenga algo divertido en cada capítulo».

← Grandeza